KB177762

밤은 길지라도 우리 내일은

신동엽 50주기 기념
신동엽문학상 역대 수상자
신작시집
밤은 길지라도 우리 내일은
고재종
곽재구
김명수
김성규
김중일
김현
도종환
박성우
박소란
박준
손택수
송경동
안희연
양성우
유용주
윤재철
이동순
이원규
임솔아
최종천
하종오

창비

신동엽 시인 50주기를 맞이하며

촛불혁명의 빛 속에서 신동엽 시인의 50주기를 설레는 마음으로 맞는다. 동학혁명과 사월혁명을 소중히 간직해 온 시인이 작금의 촛불혁명을 대면했다면 거기서 또 한번 하늘을 보지 않았을까. 시인의 '빛나는 눈동자'에는 촛불의 현장이 어떻게 비춰졌을까. 그는 광화문광장을 꽉 채운 촛불의 물결과 메아리치는 함성, 환한 얼굴과 아름답게 빛나는 눈들을 놓치지 않았을 것이다. 자유발언대에 오른 사람들의 생생한 '말'과 촛불광장을 찾은 수많은 '발'의 사연에 귀기울였을 것이다.

촛불 이후에 그의 시들이 더 실감나고 더 빛을 발한다는 것은 신기하지만 우연한 일이 아니다. "내 일생을 혁명으로 불질러봤으면"(산문 「서둘고 싶지 않다」) 하고 토로하는 혁명의 시인으로서 그의 시의 중요한 발상과 어법은 혁명이 명시적으로 등장하든 아니든 혁명의 잠재성을 기반으로 작동하는 면이 있다. 동학혁명과 3·1에서 발원해서 4·19와 6월항쟁을 거쳐 지금의 촛불에 당도한, 근대 이후 백년 이상 이어져온 우리의 혁명적 역사가 그의 시 속에 흐르는 것이다. 물론 삶이 모두 혁명으로 환원되는 것은 아니며, 신동엽 시인은 자기 삶의 중요한 요소로 혁명과 나란히 시와 사랑을 꼽았다. 하지만 시인은 혁명의 자리가 없는 삶을 받아들이지 않았으니, 그의 시 속에 도드라지는 기다림의 모티프는 이 점을 음각의 형태로 돋을새김한다.

시인이 염두에 두는 '혁명'이 과연 무엇인지는 더 논의될 필요가 있다. 그에게 혁명은 무엇보다 동학혁명과 사월혁명이지만, 그 두 역사적 사건으로서의 혁명에서도 '껍데기'와 '알맹이'를 구분하여 '껍데기는 가라'고 말한다. 시인에게 혁명의 알맹이가 무엇이고 그것이 지금 우리 시대에 얼마만큼 유효한 것인지를 규명하는 작업은 간단치 않지만, 한반도의 분단체제를 극복하는 것이 하나의 핵심적인 척도임은 분명해 보인다. 가령 "꽃 피는 반도는/남에서 북쪽 끝까지/완충지대,/그 모오든 쇠붙이는 말끔히 씻겨가고/사랑 뜨는 반도"(「술을 많이 마시고 잔 어젯밤은」)라는 그의 염원이 녹아 있는 구절은 꿈같은 이야기로만 여겨졌으나 촛불 이후에는 실현이 아주 불가능하지 않은 혁명적 목표처럼 다가온다.

이렇듯 뜨겁게 살아 있는 신동엽 시인이 우리 문학에 남긴 발자취에 대해서는 구태여 설명할 필요가 없을 것이다. 그로부터 큰 영향을 받은 많은 문인들의 존재가 이미 그것을 방증하거니와, 그로 말미암아 우리가 간직하게 된 소중한 자취 중 하나가 곧 신동엽문학상이다. 1982년 '신동엽문학기금'으로 제정된 이래 '신동엽창작상'을 거쳐 지금의 '신동엽문학상'에 이르기까지 이 상을 수상한 숱한 시인, 소설가 들은 명실공히 한국문학을 대표하는 작가들로 자리매김해왔다.

시인의 50주기를 기념해 역대 수상자들의 신작 작품집을 묶고자 한다는 제안에 많은 분이 감사하게도 흔쾌히 참여 의사를 밝혀주셨다. 그 결실이 바로 이 책이다. 책의 제목 또한 신동엽의 시에서 따왔다. 그러나 작품 안에는 당연하게도 작가 개개인 특유의 개성과 예술적·윤리적 미덕이 오롯하다. 이 책이 비단 신동엽 50주기를 기념하는 기획으로서만이 아니라 우리 문학의 현재이자 미래인 이들 작가의 작품을 한자리에서 만나는 순수한 즐거움까지 독자 여러분께 가져다줄 수 있기를 바란다.

2019년 4월

한기욱(『창작과비평』 주간)

차례

고재종

맨발

강변에 나가서
모래를 밟는
맨발
양말이랑 무슨
마음들조차 벗어던진
맨발
강물자락과 함께
일렁이는 흰 구름
송이를 밟아도
진저리쳐지는
맨발
한톨 생각도 없는
발소리에
문득 나는 물총새,
향기 이는 구절초,
서녘놀이
물들이는 강물의
분홍 고요에
몰래 잡힌

맨발
나도 모를 맨발

침묵에 대하여

용구산 아래 있는 나의 오래된 우거는
용과 거북이가 오랫동안 나타나지 않는 사방이
단단한 침묵으로 둘러쳐 있다

침묵은 녹슨 함석 대문에 붙어 있고
마당가에 비쭉비쭉 솟은 망촛대로 자라고
침묵은, 재선충병에 걸린 뜰의 반송으로 붉어지고
토방에 벗어둔 검정고무신으로 암암하다

어느덧 내 몸조차 침묵으로 하나 됐다가
그중 몇개쯤 파계되어 들고양이로 울다가
때론 용과 거북이가 재림하길 염불하게도 하는
무자비하고 포악한 침묵이란 짐승은

송송 구멍이 뚫리는 외로움의 골다공증과
사궤가 마구 뒤틀리는 고독의 퇴행성관절염과
바람에 욱신거리는 그리움의 신경통을 앓는
앞집 폐가에 달라붙어 와지끈,
그 근골이 주저앉을 때까지

시간의 공적(空寂)에 대하여 더는 묻지도 않는다

침묵의 폐허를 차마 감추지 못하는 달빛은
이것이 무장무장 은산철벽을 치는 것이어서
용과 거북이의 뿔 자라는 소리 듣다보면
나는 나일 것도 없다고 할 때가 오리라, 생각한다

향기로운 집들이 길 되어 사라지다

어느날 새벽 기침하니 옆 사람이 사라져
그 휑하고 스산한 것이 뒷골 산판 같던 빈자리처럼
자식이 한 다스나 되던 살구나무집은 헐려
살구 더는 매달지 않고 삼인산길 7-3번지로만 남다

마을 집들의 주소가 길 번지로 바뀐 뒤
거북 구(龜)에 바위 암(岩)자라서 천수만수 할 거라던
마을 이름 구암리도 이제 불리지 않고
사람들 배앓이며 체증을 용케 잡다가는
거년에 후산 간 송약방집은 노마드펜션으로 바뀌다

흐드러지게 대추가 열려 손깨나 타는데도
되레 귄 영감은 한움큼씩 따서 꼬맹이들에게 나눠주던
대추나무집이 치매요양원을 가자 문짝만 펄럭이고

초여름이면 넝쿨장미의 붉은 함성이 이제 막
가슴은 봉긋봉긋, 코밑은 거뭇거뭇하던 이팔청춘들을
뜨겁게 뒤흔들던 장미울집은
서울 아들 빚에 넘어져 망초만 출무성한 7-5번지가 되다

집이란 집이 죄 삼인산길 7번지로 바뀐 뒤
아래뜸, 위뜸과 고샅의 돌담이 사라지고
모내기 마친 집들이 나앉던 정자 그늘엔 그늘만 쌓일 뿐

상엿집 자리에 성업한 그린장례식장은
돈 벌자 군의원 출마 끝에 세표 차로 떨어지다
참고로 그즈음 마을에서 후산 간 노인이 세명이어서
죽으려거든 표나 찍고 가지, 했다나 뭐라나

대숲 아래 한숨과 탄식만을 쉮던 불면의 밤을
소나기 말 달려 더욱 깨우고 말던 양철지붕집은
무슨 귀농인가 뭔가 했다며 된장이건 뭐건
앞뒤 집에서 듬뿍듬뿍 퍼가고는
마을 울력 한번 안 나오는 요란한 도회내기를 받았는데

탱자울 둘러 그 너머로 까치발 세우면
탱자가시처럼 눈빛을 세우더니 어느 가을엔 향내 탱탱한
노란 탱자를 건네주며, 니 것도 한번 만져보면 안 돼?

그러던, 정이네 탱자나무집은 또 어디로 가다

이제는 담장마다 파란 아크릴판에 하얀 글씨로
7-1, 7-2, 7-7, 숫자만 붙은 마을의 집들이 평생 잡순
고기보다 더 많은 고기를 굽는 가든정이며
구암제 옆 무인텔은 갈봄여름 없이 세단들만 들이는데
항간엔 저수지 물이 희뿌연 것은 모텔 때문이라고 하다

향기로운 이름의 집들이 죄 길이 되었는데도
그 길로 하루에 두번 오던 버스 더는 오지 않고
이따금 척추 꺾인 집 몇몇이 유모차를 밀고 나와서
동구 밖의 한 오백년, 느티나무를 우수수 흔들다

곽재구

혜산 처녀

과꽃 일곱송이
황하코스모스 아홉송이
해바라기 두송이를
칡순으로 묶어
양산 만들어 머리 위에 쓰고 혜산 강둑길 건네
어디서 날아 왔는지
노랑나비들 꽃양산 따라오네
가만히 양산을 내려
꽃냄새 맡는데
노랑나비 한마리
코끝에 앉아 분냄새 맡네
혜산 처녀야 오늘 노랑나비랑 결혼해라

평양냉면

옥류관 앞 줄 선 평양시민들
하루에 오천명 냉면 먹는다 하네
좋구나 오천년 역사니 오천명이 줄 서네
나도 저 줄 속에 서서 기다리다
청진 앞바다 삼동 얼음 둥둥 떠내려오는
바닷물처럼 칼칼하고
해남 땅끝 앞바다 모시조개 국물처럼 시원한
평양냉면 한그릇 먹고 싶은데
꿈에서 만난 묘향산 산신령님 내게
이놈아 무슨 놈의 꿈이 그리 비루하냐 하며
줄을 선 나를 육모방망이로 쫓아내네
TV 속 북과 남 사람들 서로 만나
다시는 미워하지 말자 웃으며 냉면 곱빼기 먹는데
불쌍해라 사십년 비루한 시 쓰다 늙은 내 꿈은
바가지 하나 들고 평양 아바이들 속 줄 서
옥류관 냉면 한그릇 먹는 일

송충이

밤새 사라센의 시장거리 떠돌다 눈을 뜨면
여기는 한국

보스포루스 해협 천년 묵은
향신료 바자르 물담배를 피우다 눈을 뜨면
여기는 한국

밤새 소호의 갤러리를 떠돌다
마네킹 닮은 큐레이터와 르네 마그리트 어쩌구 떠들다
눈을 뜨면
여기는 한국

은색의 자작나무 숲속
족쇄를 찬 도스토옙스끼와 눈보라 속 헤매다 눈을 뜨면
여기는 한국

얼음 뜬 베링해에서
크롤선의 새우 그물을 끌어올리다 눈을 뜨면
여기는 한국

초록의 골짜기
오체투지 하는 티베탄 뒤를
오체투지도 못하고 따라서 걷다 눈을 뜨면

여기는
장독대 곁
채송화 피는 한국

김명수

거울

먼 산이
머리에 흰 눈을 쓰고 있는

먼 산이

거울을 들어
제 모습을 한차례 보고 있었다

지는 해가
흰 눈에 어리어
그 산이 잠시 밝아지던 무렵

아주 잠깐
아주 잠깐

먼 산이
겨울바다
거울을 들어

제 모습을 한차례 보고 있었다

지하철 열차 나무

혼잡한 지하철 안

환승역에 다다르자 한산해졌다
앞자리 옆자리에 앉은 승객들

저마다 한그루씩
나무를 껴안았다

승객들은 그 나무를 보지 못했다

정거장이 어디인가

기관사가 운전칸
운전석에서
열차 안을 보고 있나

승객들은 열차에서
내리지 않았다

기관사는 열차를 숲으로 데려간다

잎들, 잎들

명수 명식이 명호 명철이 명준 명인
명석이 명근이 명기 명길 명우 명남
명성이 명현 명대 명윤이 명회 명낙
명웅 명각 명배 명운이 명종이 명서

그리고 또, 그리고 또

명민 명승이 명신이 명일 명구 명오
명광 명관이 명규 명선 명춘이 명필
명삼 명영 명장이 명재 명백이 명만
명찬이 명정 명곤 명완 명박이 명수

네 이름도 혹시 여기 있나

어긋나기 돌려나기
마주나기 모아나기

잎자루 잎맥 잎줄기 잎몸 홑잎 겹잎
선모양 침모양 바소꼴 타원형 원형 계란형

거꿀달걀꼴 삼각형 신장형 심장형

잎들, 잎들 이파리 잎들

맑은 허공에 안녕을 모으듯

김성규

목 매달린 토끼의 노래

어머니는 자기 몸의 털을 뽑아 둥지를 만들어주었죠
우리는 칠남매
아이야, 배가 고파도 인간의 숲으로는 가지 마라
눈이 내릴 때마다 어머니는 말씀하셨죠
인간의 마을 근처엔 밤나무가 많고
개와 발굽 갈라진 짐승들과 죽음의 달콤한 저녁이 널려 있고
올가미가 불타는 태양처럼 걸려 있지

굴속의 흙을 파낼 때마다 죽음의 터널 끝은 어디인가요
모두 흙으로 돌아가야 하기에 우리는 이미 흙 속의
관에 누워 노래를 부르죠
둥지의 털처럼 부드러운 눈송이들이 쌓이면
나는 인간의 마을을 찾아 내려가요
하얀 발자국들이 눈밭 위에서 춤을 추고
어른들의 거짓말이 얼마나 우스운가를
불타는 태양처럼 걸려 있다는 올가미가
얼마나 부드러운 목도리인가를
밤톨들이 썩어가는 냄새를 풍기며 발바닥에 밟히고

형제들에게 떠들어대죠

영혼은 어디에 있나요 죽은 자의 눈동자 속에 있나요

처마 밑에 말려진 형제의 가죽에 있나요

세상에서 가장 아름다운 빛깔과

잊을 수 없는 냄새와 목소리는 인간의 숲 근처에 숨어 있다고

갑자기 목이 졸리고 발버둥 치며 나는 보았죠

온몸에서 풍겨져 나오는 죽음의 냄새

저만치 달아나는 형제들의 울음소리와 눈망울이 달콤했죠

아이야, 배가 고파도 인간의 숲으로는 가지 마라

구름 사이 숨어 있던 태양이

내 눈동자에서 타오르기 시작했죠

가죽이 벗겨지며 마지막 세상을 노래했죠

영혼은 어디에 있나요 죽은 자의 눈동자 속에 있나요

토끼탕 속에 고여 있는 아이의 웃음소리에 있나요

가죽이 벗겨지며 나는 마지막 노래를 불렀죠

암염(巖鹽)

이곳은 영원한 겨울이야 또 영원한 가뭄이고 폭력이야 눈보라가 지느러미를 흔들며 북극의 하늘을 향해 헤엄친다 눈보라 사이로 비치는 푸른 눈, 저 거울 속에 빠진 자들은 모두 꿈을 꾼다 일억년 동안 눈이 내려 세계가 겨울로 접어들 때 이곳에서 태어난 햇볕은 하루 만에 죽는다 동공이 얼어붙어 아무도 빛을 찾을 수 없을 때

한 여자가 눈물을 흘렸네 처음 인간의 몸에서 물방울을 본 자들이 입을 다물지 못했네 죽어가는 아이의 푸른 입술을 보며 울음소리를 뱉은 여자, 그 음악을 들은 자는 누구인가 자신의 젖가슴을 찔러 빛을 찾아낸 여자 그리고 피를 받아먹으며 아이의 입술에 핀 성에가 녹아내렸지 모든 사람들이 눈물을 흘리며 자신의 몸을 찌를 때 누군가 말했어 이제 영원한 눈보라도 죽음도 끝날 거라고 그리고 무서운 아이가 태어날 거라고

그 후로 사람들은 빛을 찾을 수 없을 때 자기 몸을 찔러 빛을 찾아냈지 엄청난 폭력이 있었어 그래서 우리는 살 수 있었어 눈과 불의 파도를 헤치며 모든 것은 태어나고 죽는

거야 그래서 죽은 자들의 노래는 꿈속에서만 들을 수 있지
노파는 노래하네 이곳은 영원한 겨울이고 죽음이고 빛을
내뿜는 얼음이라고 그 겨울 속에서 거대한 바다가 태어난
다고 바다가 얼어붙어 거대한 거울이 된다고

생일선물

생일을 잊은
어린아이의 볼

죽은 엄마가
입김을 불어준다

춥고 황량한 나라에
바쳐진 선물

아이의 볼에
성에가 핀다

김중일

시인의 감은 눈

수평선은 시인의 감은 눈.

새벽에 수평선으로 까맣게 몰려가 눈썹처럼 달라붙은 고깃배들.

시인의 몸속은 펄떡이는 생명들로 가득하다.

방랑자들의 젖은 신발과 희생자들의 난파된 영혼으로 가득하다.

시인은 낮에 눈을 꼭 감고 있다.

몸속의 것들이 새어 나갈까봐, 차마 눈 뜰 수 없다.

대낮부터 수평선 너머에는 검은 밤이 해일처럼 몰려온다.

들끓는 밤에서 몽글몽글 구름이 피어오른다.

시인의 감은 눈꺼풀이 열리는 한밤에 세상은 시인의 검은 동공으로 가득 차오른다.

눈꺼풀을 열고 나온 검은 동공은

오늘 죽어 잠든 사람들과 산 채 잠든 사람들의 비율을 헤아린다.

밤새 집어등이 먼지처럼 흩날린다.

너와 나의 한뼘 키 차이, 보폭 차이마다 수평선이 각자에게 새로 열린다.

시인의 눈동자는 무수하다.

네가 본 시인 그리고 내가 본 시인.

한명의 시인은 지구상의 인구수만큼 무수하다.

매 순간 눈꺼풀이 감기듯 밀려오는 파도는, 시인의 거대한 눈꺼풀이다.

수평선에서부터 해변까지 파도가 감은 눈꺼풀처럼 일렁인다.

감은 눈꺼풀 아래에는 우리들 각자의 기억이 물고기떼처럼 군을 이루어 지느러미 치고 있다.

파도라는 눈꺼풀이 불면에 떨린다.

수평선에서부터 파도가 대사막의 먼지처럼 하얗게 부서지며 몰려온다.

지상에 사막의 먼지가 가득하다.

나는 젖은 바지를 먼지 털듯 툭툭 턴다.

뚝뚝 눈물이 땅에 떨어져 모래처럼 부서지는, 눈물 많은 가엾은 나의 시인.

나의 수평선으로 까맣게 몰려가 눈썹처럼 달라붙은 철

새들.

바야흐로 눈물의 계절, 먼 수평선은 시인의 감은 눈.

나의 시인은 방금 본 참혹한 장면들이 눈 밖으로 새어 나가 잊힐까봐,

꼭 눈 감고 있다.

하루 먼저 사는 일

매진된 티켓으로 따라잡을 수 없는 시차가 생긴 것뿐 어쩌면 여객기로 하루 거리에 있을 뿐이다.
내가 태어나기 전, 줄곧 아버지는 나보다 딱 하루쯤 먼저 살고 있었던 것이다.
그가 잠시 눈감은 날부터 이번에는 내가 그보다 하루 먼저 살고 있다.

그가 쓰러져, 자신의 몸에서 긴 옷깃처럼 흩날리며 흐르던 한자락의 시간을 깔고 누워 있을 때
나는 그의 저녁을 차려놓고 먼저 내일로 넘어왔다.
내가 떠난 어제, 그는 일어나 주린 몸을 껴입고 밥을 먹었다.
곧 내가 그의 몸을 화장하러 가는 줄도 모르고.
나는 내 몸에서 갈라진 그의 체중을 빼내려고 오늘 식음을 전폐했다.

몇년 후, 어제에 내가 차려놓고 온 밥을 먹으며 그는 고독해서 잠시 울었다.
오늘 내 눈에서 그가 흘린 눈물이 흘러나온다.

나는 울지 않는다, 어쩌다
내 눈에서 갑자기 눈물이 흘러넘칠 때도 그건 내가 아닌 그들이 흘린 눈물이다.
내가 아는 모든 망자들보다 나는 하루 먼저 살아가고 있다.
그들을 위해 내가 미리 차려놓아야 할 것들이 하루가 부족하도록 많다.

어제와 오늘이라는, 내 발에 너무 큰 한켤레의 운동화를
내 눈에서 길게 흘러내리는 누군가의 눈물로 벗겨지지 않게 꽉 비끄러매준다.

어제와 오늘을 양발에 신고 가랑이가 찢어지도록 백년보다 긴 하루를 걷는다.
어느날 나도 걷다 넘어지면 하루 만에 그들을 만날 수 있다.

백지 위로 흰 돌을 던지면

백지 위로 흰 돌을 던지면 퐁당퐁당
달이 열다섯번쯤 튀어 올랐다가 깊은 수심 속으로 떨어진다
백지 위로 흰 돌을 던지면 지구 반대편까지 가라앉는다
지구 반대편 가난한 골목 문밖으로 몰래 나온 아이의 맨발에 밟힌다
백지 위로 흰 돌을 던지면
은도끼에 밑동 잘린 나무의 나이테처럼 파문이 일어난다
백지들은 한장 한장 물결처럼 흘러가고 흘러가고
가끔 흰 돌에 맞아 기절한 물고기가 시처럼 창백하게 떠오른다
자 다 같이 옆에 있는 흰 돌을 들어 백지 위로 동시에 던지면
잠 깬 상처투성이 은어떼가 활자처럼 까맣게 일어나
물결처럼 쉼 없이 밀려오는 페이지를 거슬러 오른다
우리가 집으로 돌아와 서로를 걱정하게 된 첫 순간까지

김현

토종닭 먹으러 가서 토종닭은 먹지 않고

오라버니
맷돌 앞에서 갑자기 그러시는 게 어딨어요
시대의 고민에 답하는 인생을 살아
외로웠어요
제 꿈이 바위였잖아요
바위처럼 살자 해놓고
삭발과 점거를 일삼아놓고
산을 타 넘을 땐 빨치산이라는 단어를 입에 올려놓고
술에 취하면 때렸죠 여자를
오라버니도 만만히 여겼죠 그때는
그때부터 저는 마음의 아궁이에 군불 지필 새도 없이
밤낮 정신이라는 밭을 맸어요
녹두가 뚝뚝 져서 발가락이 자꾸 외로 휘었습니다
종자가 굵고 털이 많아 해방세상이 가까웠습니다
오라버니가 취중난동으로 감옥에 가놓고
옛일을 그윽하게 회고할 때
경이랑 영이랑 숙이랑 저랑 영롱했어요 웃었어요
그것도 승리라면 승리지요
이제 경도 영도 숙도 저도 잘 만나지 못하고

저는 오라버니를 때때로 역겹게 생각해요
오라버니 교수 됐단 소릴 듣고
제가 얼마나 맛있게 부추에 오릴 싸 먹었게요
오라버니를 학사주점 맷돌
앞에 버려두고
돌고 돌아 오라버니 등에 주먹을 올리고 앉았지요
열려라 참깨
그때 열렸잖아요 제 정신이
의식개조사상교육
오라버니는 한세월 남자답게 사셨는데
그 토사물에 얼굴을 못 묻을 이유가 뭔가요 제가 오라버니를 앞으로 밀었죠
허우적거리며 멀리 떠내려가는 오라버니에게 손 흔들고 귀가
시대를 고민하였어요 아침에
까치 한마리가 오라버니의 이마에 붙은
콩가루를 콕콕 찍어 먹던가요
잠 깼죠
시대의 고민이 이어지던가요

오라버니 이게 얼마 만이에요
한 이십년 만인가
지금도 민족의 울분으로 젖을 찾고
진보 당원으로서 평화통일에 앞장서고
여길 어디라고 들어와 씨발년아
오라버니 오늘같이 좋은 날에
술 한잔하고 그만
사라지세요 속세에서 살 만하면
대지, 어머니, 뽀오얀 생명의 줄기 타령이나 하시다가
저한테 한 짓을
쓰세요 오라버니
오라버니는 지금, 살아 있잖아요
저는 정신을 놓고 바위산에서
뛰어, 올랐죠
죽겠더라고요 죽어줬죠
저는 토종닭보단 양계
살이 쫄깃쫄깃하다는데 제 입에는 영 질겨요
똥집은 오라버니 거 닭발은 자주문학회에 바칩니다
오라버니도 열심히 살다

극락왕생하세요
이승에서
술 한잔 맛있게 마시고
저도 금세 가려 해요

리얼한 연기를 위해서 불을 피웠다

선생님
어제는 흰나비떼를 쫓아갔다가
그것이 참인 세상을 보았습니다
아름다움은 꽃잎의 묵시록이었어요
잠에서 깨면 여전히
종아리와 허벅지가 뻐근하고 척추의 건강을 염려하여 양배추즙을 마시고 유산균을 챙겨 먹고 출근해서 자본주의의 리얼이 되었습니다
오복 하나 제육 하나 된장 둘을 앞에 두고 모두가 오장육부가
편안해야 살아도 사는 거라고 결의하며
내일 남성 회식의 기쁨조는 최대리와 홍과장이 맡기로 동의하였습니다
넣고 빠지고 흔드는 거지요
저의 기쁨은 복정이나 모란에서
수갑을 차고 주인님 앞에 착실히 엎드려
주인님의 신비로운 체액을 기다리며
리얼 매질을 당하는 거예요
선생님

마음이 우스워질수록
몸이 무너져 내립니다
40년을 몸에 힘 넣고 살았으니
40년은 몸에 힘 빼며 살아가도
의미가 있겠죠
그 힘을 어디다 다 썼을까요
자꾸 남들 앞에서 웃음의 똥꼬가 불거져서
치핵을 제거할까 말까 고민하는 일이
선생님 이것이 참인 줄 언제 아셨나요
건강해야 공부도 하고 연애도 하고 글도 쓴다는 말을
제 나이 마흔에 하게 될 줄 알았다면
노약자석에 앉기를 서슴지 않았을 겁니다
울면 되죠 같이 늙어가는 처지에
우리 선생님
이제는 입만 열면 세상의 참가치를 설파할 줄 아는 리얼
선생님
어제는 실로 거대한 무덤 앞에서 남무묘법연화경
말해보았습니다
그 뿌리며 줄기가 어찌나 검고

잎은 시퍼렇던지요
손아귀에 쥐고 있던 한줌 세상사가 참
이토록 나약하여 저는
연기를 피웠습니다
제가 그토록 활활 타오르고 있는데
아무도 저에게 물을 끼얹지 않고
멀어져갔습니다
주인님이 보여서 네발로 힘껏 뛰어갔죠
때려주세요
개 같은 세상이 참세상
선생님 언젠가 헛것이 보여 처음으로 뒤따라갔던 날
저는 슬픔의 리얼 안에서
태어나 있었습니다
극락이 있다면 이 넓은 꽃잎들은 뭘까요
저는 정신을 차리고
기쁨조를 그만두고 도망쳤습니다
더 참을 수가 없어서 핵을 제거하고
세상을 보지 않았습니다
몸에 힘을 빼고 정수리를 마사지해줍니다

선생님이 말씀하셨지요
저는 언제든
비유하고자 하면 비유할 수 있습니다
저의 연기는 참 거무죽죽하던데
선생님은 보리수 아래서 어떠했을까요

이 순정한 마음을 알 리 없으리

오늘 서울에는 첫눈이 내리었어요
쌍판댁에서
홍훈이 형과 소주잔을 기울이며
언니, 영삼이 언니 코 세웠대
미친년 자존심을 세우라고 해
미끄러졌습니다
그놈의 년 소리 좀 그만해
미친년 날아가는 방귀에 시비야
시절이 그런 시절이 아니야
눈은 쌓여 우리
죽상이 되어
이모 이게 구찌 홀스핏 로퍼야
구차한 인생을 자랑스레 여겼죠
두 손 두 발을 들었습니다
형, 크루아상님 알지?
이년은 술만 취하면 형이래 알지 개말라잖아
죽었대
뭐래
뛰어내렸대

무소식이 희소식이라더니 갔네
걸렸대 공원 화장실에서 하다가 잡혔대
시대가 어느 시댄데 시대착오적인 년
두 손 모아 삼가 고인의 명복을 빕니다
형 나는 가끔 이성애자들이 핍박받는 세상이 오길 바라
거리에서 손도 못 잡고 뽀뽀도 못하고 회사에선 전전긍긍하길
시대를 앞서가자, 우리
형 영삼이 언니랑 크루아상님이랑 레테님이랑 와수리 갔었잖아 직업군인님 만나러
그 오빠 천연끼가 대단했다 혀를 내둘렀다 눈이 쏟아졌다 차가 빠져서 발이 묶여서 처갓집에서 닭을 네마리나 먹었다 버스는 떠났다 오고 떠났다 그 오빠가 데리고 온 상병이 식이 됐다 일병보단 상병 상병보단 병장 하사는 나가리 중사보단 대위 대위보단 해병대 장례식장에 갔다 온 사람은 있다니
태어나 그런 눈을 본 적이 없어 앞으로도 못 볼 거야 그런 눈은 형 와수리가 왜 와수린 줄 알아
몰라 누울 와 물 수 마을 리

형, 그게 벌써 십년 전이다, 자?

형, 우리도 다 됐다 혀가 꼬부라지기 전에 고개부터 고꾸라진다

인생 뭐 있니

살다

간다

구두에 검은 봉지를 씌우고 나와

홍훈이 형은 타락 벙개에 가고

고객님이 타고 계신 차량은 안전하고 친절한 택시입니다

상훈이 형

오늘 서울에는 큰 눈이 내리었어요

형이 와수리에서

폭설에 파묻혀서 들려주던 남자들에 관해 자주 생각해요

꽃부리 영 수컷 웅 호걸 호 뛰어날 걸

형도 참 겉은 바삭 속은 축축 바텀 인생

그때 형이랑

그 형들이랑 살림을 차렸더라면

형은 꽃 같은 인생, 살아 있었겠죠?

형 저는 이제 홍차장이 되었고
여의도에 살고 있습니다
대출 끼고 도보 출근 가능 3억 8천
테마파크에서 가짜 자연을 즐기고
대물훈탑의 자위쇼를 봅니다
부모형제는 지긋지긋하고
견미리 팩트와 요술 세럼을 샀습니다
저는 어째서 이토록 역사적인 인간일까요
현대의 누구도 더는 저를 영웅님이라고 부르지 않습니다
똥꼬충들이 설쳐대며 에이즈를 옮기려고 불나방처럼 달려든다
더러운 에이즈 캐리어
동성애는 정신병이다 정신 바짝 들도록 북한 아오지 탄광으로 보내라
시절이 그런 시절이 아니었더라면
상훈이 형
저는 가끔 본색을 드러내고 싶어요
부부 동반 홈파티
세상에 지들밖에 없는 것들

지 새끼들밖에 모르는 것들
거리낄 것 없는 단란한 식탁 위에
똥 무더기를 쌓아 올린 접시를 내가고 싶어요
구리면 구린 의미가 있죠
그러기 위해 저는 하느님을 믿고
양이사, 조부장과 산을 타고
관혼상제를 중히 여기고
연말정산은 제때
자주 흰죽을 먹습니다
맛도 없고 향도 없고
거짓도 없는 부드러운
영혼의 봉변을 기대합니다
말로에는 누구나 비참하여라
주님의 메시지
오늘 타락 물 안 좋네
형,
우리는 왜 타락하지 않았을까요?
먼 길 가는데 그 돈밖에 못 보내 미안해요
목적지에 도착했습니다

도종환

로잔

당신의 전체는 못 보고
옆모습만 보다 갑니다
당신 호수의 물은 못 보고
물결만 보다 갑니다
물결 위에 흩어진 햇살의 조각만 건드리다 갑니다
로잔, 내가 만난 당신의 새벽은
고요하고 차분했습니다
아직 불이 꺼지지 않은 당신 창 안의
따스한 빛깔 속으로는 못 들어가고
창에 막 내려와 앉는 빗방울만 보다 갑니다
사람은 다 알지 못할 때가 좋습니다
알기 시작하고 얼마 되지 않은 때의
채워지지 않은 시간을 배회할 때가 좋습니다
당신을 지탱하고 있는 품격의
짙은 코발트빛이 지닌 무게를 기억하겠습니다
이면까지 들어가지 않았을 때가 좋습니다
약간은 두려워지는 숲의 초입이 좋습니다
마지막 페이지까지 다 들추고 난 뒤의
진부하고 무료해지는 시간을

우리는 여러번 지나왔습니다
알지 못한 부분이 많이 남아 있는 당신을
당신의 나머지 부분을 가슴에 안고
당신을 떠납니다
당신의 흐린 데까지도 사랑스럽게 남겨두고
늦게 떠나는 열차를 탑니다
아침부터 오후까지의 시간을 벌판처럼 펼쳐놓고
여러번 그 위를 오가는 일이
지루하지 않았습니다
로잔, 옆모습이 참한 당신을 바라보는
이 각도의 한 끝에 나를 세워두고
그길로 나는 길게 이어지며 떠납니다
로잔, 당신을 다 알려 하지 않겠습니다
새벽부터 시작된 몇시간 동안의 당신을
오래 간직하겠습니다
다 알지 못할 때의 사랑이
좋은 사랑이기 때문입니다
우리는 그동안 너무 많은 걸 알려 했습니다
우리는 그동안 너무 많은 걸 보려 했습니다

지나온 사랑의 실패들도
그 과도함에서 시작했습니다
다 알지 못하는 모습 그대로 거기 있어주길 바랍니다
로잔, 눈발 속에 흐려지는 로잔

가을 편지

느티나무 잎이 군데군데 누렇게 물드는 시월입니다
북쪽 산록에는 서리가 내리고 단풍이 물들었다 합니다
지난여름은 뜨거웠고 내 하루하루도 그러하였습니다
무거운 날들과 끓어오르던 시간을 지나
가을까지 왔습니다
어떤 날은 피를 묻히고
어떤 날은 오물을 밟기도 하면서
난세의 날들을 걸어온 지 오래되었습니다
고요한 숲에서 받았던 정갈한 기운은 소진되고
흙투성이 되어 살고 있는 지도 오래되었습니다
마모되고 훼손되며 허공에 날려버린 영혼도
먼저 진 느티나무 잎처럼 어딘가를 떠돌고 있겠지요
단단해진다고 깊어지는 건 아닙니다 선생님
나날이 전쟁터인 세상에서 어찌
깊어지기를 바라겠습니까
강물이 가을을 끼고 아래로 내려가는 강둑에 앉아
생각해보니 사려 깊을 때는 낮아질 때였습니다
강해질 때는 겸허해질 때였습니다
이기려고만 하지 않고 질 때도 있다는 걸

받아들일 때였습니다
내 정신의 일부가 마모되곤 하던 순간은
비난과 혐오의 화살에 맞아 고통스럽던 날보다
내 스스로 격해지고 사나워질 때였습니다
세상이 나를 오해하였다고 부르르 떨었지만
내가 나를 오해하고 있는 기간이 더 길었습니다
폭우 속에서 처절하게 거부하던 시간이 지나고
고통의 허리를 들어올리던
눈물 이후의 시간에
나무는 성숙합니다
폭설에 어깨뼈가 부러지는 시간을 견디고 난 뒤
희미한 겨울 햇살 번지는 하늘을 올려다보는
얼어붙은 오후에
사려 깊고 중후한 목질들이 나이테를 늘려가곤 합니다
선생님 가끔은 멀리서 내려다보고 계시는지요
별보다 먼 나라에서도 보이시는지요
무엇 하나 내세울 게 없는 제게도
가을이 찾아와
가을 햇살이 들판 위에서 하고 있는 일들을

찬찬히 바라보게 합니다
꽃 피우는 일에 온 힘을 쏟고 난 뒤
바람에 하루의 남은 시간을 맡기고 흔들리는
구절초 꽃 옆에 잠시 앉아 있게 합니다
선생님 가을이 깊어갑니다
선생님 계신 그곳도 곳곳이 가을인지요

사월 편지

아버지, 전쟁은 곧 끝날 겁니다
널문리 주막 있던 판문점 남쪽에서 우리는
밤늦도록 전쟁을 끝내자는 이야기를 나누었습니다
도보다리라 부르는 파란색 다리 하나를 새 단장했는데요
낮에는 그 다리 위에서 평화의 밀담을 나누었습니다
방울새와 청딱따구리가 그 위를 날며 좋아했고요
산솔새와 되지빠귀는 자기들이 들은 이야기를
여기저기 실어 나르느라 분주히 나무 사이를 건너다녔습니다
화약 냄새를 맡고 자라던 나무들도 그날만은 무장을 풀고
연둣빛 반짝이는 얼굴로 귀 기울이며
간간이 새어 나오는 웃음소리와
서로의 마음에 다가가려는 손놀림과 입모양을
오래 지켜보았습니다

아버지, 대결의 세월이 너무 길었습니다
백마고지 근처 백병전에서 아버지가 살아 돌아오신 후
나는 세상에 태어났습니다
내 한 생애만큼의 분단의 세월을 살았습니다

나도 적지 않은 나이를 먹었으니
아버지와 사투를 벌인 인민군 소년병들도 세상을 떴고
미군과 아버지 동료들도 이 세상에 없는 분들이 많습니다
전선에서 살아 돌아오신 아버지는
밤마다 비명을 질렀습니다
낮에 되찾은 고지를 지키다
어둠이 깔리고 조명탄이 터지고
따발총 소리와 함성이 들려오고 백병전이 시작되면
지르던 고함 소리
그 소리를 스무살이 넘도록 들었습니다
그 소리의 암흑을 트라우마라 부른다는 걸
마흔살이 되어서도 몰랐습니다
깜깜한 어둠이 사방을 덮으면 서서히 밀려오던 공포와
죽음의 냄새가 만들어내던 비명 소리가
낮에도 아버지 인생을 어지럽게 했다는 걸
오십이 넘어서야 알았습니다

그러나 아버지 이제 전쟁은 끝날 겁니다
남쪽의 꽃들은 남을 내려놓고

북쪽의 나무들은 북을 고집하지 않으며
녹색의 나무로 돌아가 숲이 되려 할 것입니다
명지바람 불어 영산홍과 철쭉이 지면
아카시꽃과 찔레가 피어 우리의 언약을 지켜볼 것입니다
함포 사격을 하고 장사정포를 쏘던
연평도와 장산곶 사이에도 파란 도보다리를 놓고
임진강 한강이 만나는 곳에도 다리를 놓는 꿈을 꿉니다
중무장지대를 진짜 비무장지대로 바꾸고
발목 잃은 노루가 절뚝거리며 지나가던 지뢰밭을
상생의 녹지로 바꿀 것입니다

그날 밤 전쟁을 끝내자는 언약을 하며
문배주 몇잔씩 하고 손 굳게 잡고
헤어지는 인사를 하는데 눈물이 났습니다
보름을 앞둔 열이틀 달이
우리의 젖은 눈을 내려다보고 있었습니다
하늘이 이 나라를 버리지 않는다는 생각이
내 안에서 믿음으로 바뀌는 걸 느꼈고
연두에서 초록으로 몸을 바꾸는 나뭇잎들이

우리에게 박수를 보내는 소리를 들었습니다
오래 잊을 수 없는
아름다운 충격의 하루였습니다
아버지,
전쟁은 곧 끝날 것입니다

박성우

굉장한 광장

딸애는 기내식을 꼭 먹어보고 싶다고 했다
아내와 나는 딸애를 데리고 북경행 비행기를 탔다

우아한 자세로 기내식을 먹던 딸애는
주스를 마시며 흡족한 표정을 지었다
나름, 괜찮지? 아내와 나는 딸애에게
자금성과 만리장성을 보여주고 싶었다

거대한 규모에 깜짝 놀라겠지?
하지만 딸애는 이미 무더위에 놀라고 있었다
왜 하필 가장 찌는 여름날에 움직였을까
벌써 지친 우리 일행은 가이드를 따라
북경 천안문 광장으로 걸어 들어갔다

광장은 넓었고 사람들은 북적였다
햇볕은 대단했고 열기는 기막혔다
광장 중간중간에 멈춰 선 가이드는
무어라 무어라 진지한 설명을 했지만
그의 입에서 나온 말은 곧

흐물흐물 녹아내리고 말아
우리의 귀에까지 들어오지는 못했다
다시 막, 걸음을 떼어 출발할 때였다

어머니 뒤를 따라 걷던 아들이
어머니 등에 대고 부채를 부치며 걷고 있었다
그 아들 뒤에서는 그의 아버지가
아들 등에 대고 부채를 부치며 걷고 있었다
가히 굉장한 광경이 아닐 수 없었다 얼른 나는
딸애와 아내에게 그걸 보라고 손짓했다

아내와 나는 굳이 딸애에게
자금성과 만리장성을 보여주지 않아도 되겠다,
싶었다 엄마 아빠 잠깐만, 어때 시원하지?

백련 백년

꽁꽁 언 연못 위로 눈이 내린다

너와 나는 연못으로 들어가
얼음을 지치다가 눈을 뭉친다

꼭꼭 누른 눈뭉치를 던지는 일로
서로에 대한 애정을 증명한다

그것은 우연이 아닐지도 모른다

눈뭉치를 들고 서 있는 내게
너는 문득, 눈뭉치를 들고 다가왔다

너는 내가 들고 있는 눈뭉치 위에
네가 들고 온 눈뭉치를 올렸다

눈뭉치는 눈싸움이 될 수도 있고
큰 싸움이 될 수도 있고
작고 예쁜 눈사람이 될 수도 있다

살 비비고 식는 사랑은 사랑 아니다

너와 내가 다시 찾은 연못엔
막 피어난 백련이 둥글고 뜨겁게 하얗다

둥근 연잎 위에 둥글게 쌓인 햇볕

너는 양손으로 끌어모은
햇볕 한뭉치를 꽃잎 위에 올려
둥글고 하얗게, 나를 흔든다

백련이어도 좋고 백년이어도 좋겠다
이게 사랑이라면

초겨울 초저녁 참

은빛 바람이었다 날이 거뭇거뭇해지는 바닷가 둑길이었다 거친 눈발 앞세우고 가다가 어느 허름한 선술집에 들러 생굴 한접시 두고 쐬주나 한잔하고 가자는 나를, 개운하고 뜨거운 바지락 국물에 쐬주나 한잔 더 하고 선술집 귀퉁이 방을 얻어 하룻밤 묵어가자는 나를, 가까스로 데리고 가던 초겨울 초저녁 참이었다

갯가에 맨발로 선 갈매기 무리가 갯바람을 똑바로 마주하고 서서 들어오는 밀물을 바라보고 있었다 갯벌에 몸을 박고 있던 말뚝, 위로 올라선 갈매기 한마리가 파닥이던 날갯죽지를 접고 중심을 잡아가고 있었다 소형 어선 두어척이 갯가로 나와 있던 고창 심원면 하전리 서전마을, 매운 갯바람에 더욱 매워질 마늘은 눈발을 털어내느라 분주했다 아름드리 느티나무가 기꺼이 갯마을 앞길까지 나와 한사코, 손을 흔들어주던 초겨울 초저녁 참이었다

좌치나루터 지나다가 '생굴 팝니다'와 '소주'가 펄럭이는 천막에 끌려 선운사 입구까지 가서 차를 돌렸다 천막문 밀치고 들어서자 훈기가 몰려왔고 굴을 까고 있던 여자

가 조새를 놓고 일어섰다 쐬주는 좀 그렇고 생굴이나 언능 한접시 하고 가지! 근처 양만장에서 이른 새벽부터 장어밥을 주던 스물댓살 무렵의 나를, 조근조근 품어 안아 집으로 가던 초겨울 초저녁 참이었다

박소란

가방

바닥에 놓인 가방을 보았다
어쩌다 가방을 보게 된 건지

그런 눈으로 보지 마시오 가방일 뿐이니, 말하는 가방을 보았다

여기까지 오는 동안 점차 무거워진 가방을

무엇이 든 건지 알 수 없었다
큰일을 앞두고 돌아누운 이의 뒷모습처럼
묵묵한, 자세히 보면 신음도 없이 들썩이는 어깨가 먹먹한

정말 필요한 건 가방 속에 없다오

아무것도 없다오
눈을 감는 가방을 보았다

나도 모르게 손을 뻗었다

언젠가 가방을 끌어안고 달린 적이 있었다고
숨이, 아니 끈이 끊어질 듯 위태롭던 어느 밤의 가방을

가방이란 으레 그런 것이라오

가방을 되찾을 수 없었다 그 하나의 가방을

어디로 떠날 참인가요?
물어도 대답이 없는 가방을

어느 틈엔가 나타나 가방을 들고 일어서는 한 사람을 보았다

황급히 문을 여는 사람은
어떤 무게로 인해 잠시 휘청거리고, 나는 보았다
가서는 다시 오지 않을 가방을

헬리콥터

밤 가운데 반짝이는 저,

별은 아닐 것이다
별은

아니므로 손을 흔들어도 좋을 것이다
시시각각 동작하는 저,

살아 있는 저,

손을 흔들어도 좋을 것이다
여기, 저 여기 있어요

올 수 있을 것이다 누구보다 분명하게
누구보다 다정하게
날 수 있을 것이다 추락을 가장한 공중 묘기를 선보일
수도

있을 것이다

조난자의 깃발처럼 바람이
만세를 부르고 손뼉을 칠 것이다

눈을 감으면
잠시 눈을 감았다 뜨면
보이지 않는 저,

눈을 뜨지 않아도 좋을 것이다

공사 중

무슨 일인지 몰라요 집 앞에 난 커다란 구멍을 본 뒤 아빠, 아빠— 모르는 애가 자꾸만 쫓아와요 빌딩 맨 꼭대기에 앉아 야근을 한 날이면 땅땅땅 육중한 근심이 가슴을 때리고 사람들은 도망치듯 걸어요 귀를 막고 코를 막아요 유행처럼 외투를 여며요 어제는 하늘에서 벽돌 하나가 툭 떨어졌어요 벌 받나봐요 저 지옥 가나봐요 선생님 흔들리는 사랑마을정신과 간판을 조마조마 바라봐요 숨을 깊이 들이마셔요 안정을 취해요 이게 다 무슨 일인지 몰라요 모르겠어요 붉은 글씨로 흩날리던 가로수는 어느 밤이 철거한 것인지 무지개 천막 너머 어떤 사건이 벌어지고 있는지 슬며시 고개를 들자 땅땅땅 뚫어진 하늘에서 녹슨 알약들이 쏟아져요 아, 입을 벌려요 아빠, 아빠— 베란다 두꺼운 유리창에 어른대는 한채의 그림자, 우뚝 서서 내려다봐요 나를 꼭 닮은 눈으로

박준

화분

—오월이면 잎이 오를 거라 했습니다 백일지 청일지
알 수는 없지만 팔월에는 꽃도 필 거라 했습니다

여름 오는데 싹은 나지 않고 여름 가도 꽃 피지 않았지만 화분은 빛과 그늘과 바람과 비를 맞이하는 화분으로 있고, 어려서 살던 집 마당에 있던 부른다고 해서 오는 법은 없었지만 부르지 않아도 어디 가지 않던 개처럼 있고, 돋은 적 없어 떨어진 적 없고 핀 적 없어 희지도 푸르지도 않음으로 있고, 겨울이 겨울로 가는 것처럼, 아무것도 없는 시간이 아무것도 없이 오는 것처럼, 기침처럼, 멀리 있는 이가 여전히 멀리 있는 것처럼, 그래도 있기는 있는 것처럼

인사

그래도 사위 될 사람 앞에서는 당당해야지 솔직히 말해서 자기가 일부러 곁에 안 둔 것도 아닌데 뭘 그렇게 큰 죄 지은 사람처럼 굴어 인사가 어렵기는 뭐가 어려워 인사가 별것인가? 안 다음에 녕 다음에 하 다음에 세 다음에 요 하고, 그러고 나서 한번 웃으면 되지 그래도 민이가 속이 깊네 내 딸 삼고 싶다 아예 엄마가 한명 더 있다고 나한테도 오라 그래

일요일 일요일 밤에

일산병원 장례식장에 정차합니까 하고 물으며 버스에 탄 사람이 자리에 앉았다가 운전석으로 가서는 서울로 나가는 막차가 언제 있습니까 묻는다 자리로 돌아와 한참 창밖을 보다가 다시 운전석으로 가서 내일 첫차는 언제 있습니까 하고 묻는다

손택수

석양의 제국

신동엽의 「산문시 1」에 붙임

나의 조국은 노을이다
노을을 위해서라면 나는 얼마든지 세금을 내고
국방의 의무를 질 용의가 있다
귀찮은 교육이며 근로도 거부하지 않으리라
나는 노을의 애국자다
노을 없는 땅과 하늘은 상상도 할 수 없다
나라가 망한다면 의병이라도 일으키리라
의열단에라도 들어가리라
내 땅의 노을과 가장 닮은 이국의 노을에
임시정부를 차릴 수도 있으리라
나는 노을의 세계화를 옹호한다
모든 마을이 맥도날드나 스타벅스로 통일되고
모든 골목 구멍가게가 편의점으로 바뀌는 그날에도
노을만은 오직 그 땅과 하늘의 특산품
제주 한림 수월봉 앞바다에 내린 노을과
강화 갯벌 위에 내린 노을이 저희들의 방언을 지켜낼 수
있다면
세계화를 마냥 거부만은 하지 않으리라
우리는 자신들의 모음을 쓰면서도 같은 노을의 형제일 터

지는 자에게 나라를 맡기자
통치술이라곤 오직 질 줄 아는 것,
져서 물들 줄 아는 것밖에 없는
자야말로 세계제국을 경영할 만하다
낙엽으로 돌아가 뿌리를 덮는 단풍처럼
하늘로 가는 나라의 신민이 되자
아직 오지 않았고 이미 와 있으며
아주 오래전에 사라진 나라
매일같이 하늘에 쓰는 실록
오! 나의 조국 노을

다시, 분단시대

지구별 중에서도 이 땅에 태어난 걸 나는 슬프지만 축복으로 여긴다
왜냐면 이 땅은 유일한 분단국가니까
지구별 사람들은 이해할 수 없는 일들을 이해할 수 있는
특별한 경험을 갖게 되었으니까

인간이 하는 일이란 휴전선 같은 금을 긋는 일이란 걸
반평생을 바쳐 나는 이해했다
큰 공부를 하지 않았는데도 대단한 성과 아닌가
평화는 평화가 깨어졌을 때만 드러난다는 걸 설명하지 않아도 안다

갈 수 없는 곳을 갖게 된다는 건
인정하든 인정하지 않든 그 자신 역시 갈 수 없는 곳이 된다는 것이다
가령, 전쟁을 체험하지 못한 나는 한밤의 사격훈련 소리에
잠 속에서도 가위 눌리는 아이들의 무의식을 근심한다
그 소리는 뇌 속을 굴착기처럼 뚫고 지나가서 뇌 속에 긴 터널을 만든다

평창동계올림픽을 앞두고 NHK는 북한의 미사일 발사 오보를 냈다
그 전주에는 미사일이 하와이를 향하였으니 즉시 피난처를 찾으라는
긴급 경보가 미국 비상관리국의 공식 경보로 발령되는 해프닝이 있었다
정정보도를 냈지만 마치 위기를 유도하는 듯한, 이 땅에서는 먹고살기 바빠서
평화에 대해서는 전혀 관심이 없는 나 같은 이마저
평화를 생각한다는 것, 경이롭지 않은가

국토의 한계가 마치 내 의식의 무한이 돼버린 것 같을 때
군사분계선 0101 녹슨 표지판 앞에서 인간의 말소리는 들리지 않고 새소리,
억새 스치는 소리만 세계만방으로 전송되고 있다
그 앞에서 나는 마지막으로 이해한다

미안하지만 이 땅에서 자연은 여전히

인간의 행위에 대한 눈물겨운 알레고리일 수밖에 없음을

디아스포라

향수병은 내겐 이비인후과 계통이다
그중에도 코와 관련이 깊다

코끝이 찡해올 때 나는 관방제림을 흐르는 영산강이
비강을 적시면서 서해로, 서해로 흘러가고 있음을 안다

도회로 간 어머니의 젓가슴을 누이들과 다투듯
틈날 때마다 나는 물속을 파고들었다

내가 이 감각을 그리워하기 시작한 건 고향을 떠나온 뒤의 일이다
어린 내가 세숫대야에 코를 박고 킁킁거린 사실은 아무도 몰랐을 것이다
멀리 영산강이 거기 있어서, 미역을 감던 시원지의 체취가 거기 있는 것 같아서

스포이트 관처럼 코끝으로 마셔도 보던 물은 찡하다
콧잔등 주름을 찡그리며 눈가에 절로 물기를 맺히게 한다

오랜만에 고향에 와서도 읍내 모텔방이다
해종일 고속터미널 부근을 서성이다 오던 그 아이처럼
두 손에 받아 킁킁거리는 물,

나는 이제 이 기이한 감각 속으로만 귀향할 수 있을 뿐이다

송경동

자존심

이명박근혜 시절
국정원이 위법적으로 관리한
문화예술인 249명 중점관리명단을 보았다
A, B, C 등급이 매겨져 있는데
조마조마했다 다행히
A등급 스물네명에 내 이름이 올라 있었다
열심히 살아온 것을 인정해준
국정원이 고마웠다 B나 C였다면
난 국정원의 존립 이유와
그 파일의 신빙성을 믿지 못했을 것이다

잊지 못할 여섯번의 헹가래

축구선수도
야구선수도 아닌 내가
국가로부터 여섯번씩이나 헹가래를 받아보았으니
원이 없다

"저 새끼, 연행해."

평택 미군기지 이전확장 반대 투쟁 때
여덟명의 전경들이
머리가 깨져 혼미한 나를 들고
대추리 논길을 쏜살같이 내달렸다
물침대마냥 쿨렁이던 온몸
하늘도 태양도 흔들리고
푸른 들녘도 흔들리던 황홀한 순간

"잡았다."

용산 철거민학살 진상규명 투쟁 때
네번째 가투 동을 뜬 당산역 뒷길

중무장한 체포조 일곱명이 나를 들고 기계처럼 뛰었다
컨베이어벨트에라도 올라탄 듯
부드러운 느낌이 좋았다
닭장차 문 앞에서 쫓아온 동지들과 경찰 간에
내 사지를 놓고 다툼이 벌어져
능지처참 당하는 기분만 아니었다면

"……"

아무 소리도 없었는데
누군가 몇명이 뒤로 다가와
어느 순간 나를 휙 잡아 들고
기륭전자 문 안으로 쏜살같이 들어가
닭장차에 인계했다
이렇게 속전속결 전광석화처럼 빠른 헹가래가 있을 수 있다니 탄복했다
기습적으로 망루를 쌓고
경찰과 구사대와 용역깡패들과
시위대가 회오리처럼 얽혀 싸우던 때

연행을 피하려고 격돌 현장 바깥에 서 있었지만
표적이었다

“멈춰.”

멈출 인간들이 아니었다
비정규직 문제 해결 촉구
국회 한나라당 원내대표실 점거 이틀째 늦은 밤 열한시
한순간 문이란 문이 모두 열리며
특공경찰과 국회경비대들이 도적떼처럼 쏟아져 들어왔다
내 발로 갈 테니 내려놓으라 했지만
밤길의 꿀벙어리들은 대답하지 않았다
국회 경내는 참 조용한 게 좋았다
동맥을 그을까 말까 호주머니에 숨긴 칼이 떨어질까봐
노심초사하느라 헹가래의 기분을 충분히 만끽할 수 없었다

“제압해.”

세월호 진상규명 청와대 행진이
보신각 사거리에서 방향을 틀고
경찰과 몇시간째 대치하던 때
방송차 위에서 마이크를 들고 있던 나는
서른겹의 경찰벽에 싸인 고립된 섬이었다
위에서 밀쳐 던진 나를 아래에서 토스 받아
럭비선수들처럼 뛰던 경찰들
이렇게 니들이 물불 안 가리고 뛰어들어야 했던 곳은
여기가 아니라 세월호였다고
입까지 연행당한 건 아니어서 악을 쓰던 밤
수중엔 유치장 가면 읽으려 넣어온
쌍용차 해고자 르뽀집
『그의 슬픔과 기쁨』 한권뿐이었다

"이젠 나가시죠."

유성기업 한광호 열사 투쟁 때
다시 들어간 한나라당 원내대표실이었다

함께 들어가기로 했던 친구들이
문 앞에서 모두 꼬리가 잘려 혼자였다
삿대질을 하며 한참을 싸우던 시간
여비서가 어느 순간 비릿하게 웃으며 말했다
'당신 방금 내 몸에 손댔지. 성희롱이야.'
'다들 봤지요.'
'예.'
'무슨 소리들이야. 당장 CC카메라 확인해.'
'없는데요.'
국회 경위들이 여비서를 따라서 비릿하게 웃고 있었다
아, 이렇게 정치라는 거짓이 조작되는구나
허탈함에 기운 빠진 내 몸을 들기에
경위 여섯은 너무 많았다

사랑하는 구두

이만원 삼만원짜리
동네 재래시장표 구두만 신다
큰맘 먹고 처음으로 백화점에서
거금 12만원을 들여
사 신었던 랜드로바

공교롭게도 사고 난 며칠 후
기륭전자 앞 포클레인 점거농성에 들어가
벗어두어야 했던 아까운 구두
농성 중 실족해 발뒤꿈치뼈가 부서져
다시 몇개월 병원 수납장에서
심심해야 했던 그 깜찍한 구두
퇴원해서도 한짝은 목발에
내주어야 했던 안타까운 구두
깁스 풀고 신을 만하니
한진중공업 희망버스 지명수배 생활
슬리퍼에게 발 내주고
민주노총 전국해고자복직투쟁위원회
사무실 한켠에서 꿔다놓은 보릿자루처럼

먼지만 쌓여가던 서글픈 구두
다시 부산구치소 영치함에
나와 함께 갇혀 지내야 했던 억울한 구두
보석 석방의 기쁨도 잠시
다시 녹색병원 병실 수납장에서
외롭게 나를 지켜주던 구두

언젠간 그 구두를 반짝반짝하게 닦아주고
산으로 들로 바다로 데려다주어야지 했지만
낯설고 먼 나라 구경도 시켜주고 싶었지만
항상 또다른 투쟁의 현장으로만 끌려다니다
빛 한번 제대로 못 보고
낡아버린 구두 한켤레

안희연

단란

모두들 바늘구멍을 보고 있다. 각자의 낙타를 데리고 어떻게 그곳을 통과할지에 대해.

첫번째 사람은 말했다. 필요한 것은 시간이라고. 그는 바늘구멍이 잘 보이는 곳에 작은 움막을 짓기 시작했다. 말뚝에 묶인 낙타가 큰 눈을 끔뻑거렸다.

두번째 사람은 말했다. 모든 것은 마음먹기에 달려 있다고. 그는 흰 접시 위에 붉은 토마토 한알을 올리듯 낙타를 제단 위로 데려갔다. 칼도 불도 장작도 모든 것이 충분했지만 정작 마음은 먹을 수 없어서

머뭇거리는 그에게 세번째 사람은 말했다. 이럴 때 필요한 것은 농담이라고. 그는 자신의 낙타에게 나비의 탈을 씌워놓았다. 가끔 낙타는 자신이 나비인 줄 알고 팔랑팔랑 날아다닌다고 했다.

알량한 속임수일 뿐입니다. 네번째 사람의 낙타는 팔다리가 구겨진 채로 작은 상자 안에 담겨 있었다. 매주 상자

의 크기를 줄여나가는 중입니다. 훈련밖에는 답이 없습니다.

다섯번째 사람은 그 모습을 보고 눈물 흘렸다. 그의 낙타는 너무 많이 울어서 얼굴이 지워져 있었다.

바늘구멍 속 세계는 눈부시게 아름다웠다. 아무리 생각해도 죽음 밖에는 길이 없어요. 여섯번째 사람이 일곱번째 사람에게, 텅 빈 호주머니를 뒤집어 절망을 꺼내 보일 때.

일곱번째 사람은 다시 첫번째 사람이 된다. 낙타를 가져본 적도 없는 사람들이.

캐치볼

예고도 없이 날아들었다
불타는 공이었다

되돌려 보내려면 마음의 출처를 알아야 하는데
어디에도 누수는 보이지 않고

언제부터 내 손엔 글러브가 끼워져 있었을까
벗을 수 없어 몸이 되어버린 것들을 생각한다

알 수 없겠지, 이 모든 순서와 이유들
망치를 들고 있으면 모든 것이 못으로 보이는 법이니까*

나에게 다정해지려는 노력을 멈춘 적 없었음에도
언제나 폐허가 되어야만 거기 집이 있었음을 알았다

그래서 왔을 것이다
불행을 막기 위해 더 큰 불행을 불러내는 주술사처럼

* 애거서 크리스티.

뭐든 미리 불태우려고
미리 아프려고

내 마음이 던진 공을
내가 받으며 노는 시간

그래도 가끔은
지평선의 고독을 이해할 수 있다

불타는 공이 도착했다는 것은
불에 탈 무언가가 남아 있다는 뜻이다
나는 글러브를 단단히 조인다

호두에게

부러웠어, 너의 껍질
깨뜨려야만 도달할 수 있는
진심이 있다는 거

니는 너무 무른 사람이라서
툭하면 주저앉기부터 하는데

너는 언제나 단호하고
도무지 속을 알 수 없는 얼굴
한손에 담길 만큼 작지만
우주를 쥔 것 같은 기분이 들었어

너의 시간은 어떤 속도로 흐르는 것일까
문도 창도 없는 방 안에서
어떤 위로도 구하지 않고
하나의 자세가 될 때까지 기다리는

결코 가볍지 않은 무게를 가졌다는 것
너는 무수한 말들이 적힌 백지를 내게 건넨다

더는 분실물센터 주변을 서성이지 않기
'밤이 밤이듯이' 같은 문장을 사랑하기

미래는 새하얀 강아지처럼 꼬리 치며 달려오는 것이 아니라
새는 비를 걱정하며 내다놓은 양동이 속에
설거지통에 산처럼 쌓인 그릇들 속에 있다는 걸

자꾸 잊어, 너도 누군가의 푸른 열매였다는 거
세상 그 어떤 눈도 그냥 캄캄해지는 법은 없다는 거

문도 창도 없는 방 안에서
나날이 쪼그라드는 고독들을.

양성우

영천 회상

지난봄 어느날 저녁에 영천에서 농사짓는
이중기 시인이랑 보현산 중턱으로 미나리 먹으러 가서
문득 올려다본 검은 궁창의 빛나는 별들,
산봉우리 천문대의 최첨단 망원경이 아닌 맨눈으로
감격해서 바라다본 그 별들은 모두 안녕할까
비록 그 별들이 수백광년씩이나 멀리 떨어져 있어서
우리가 본 그 별빛이 수백년 전의 별빛이라고 하여도,
만약에 그 별들이 우리를 내려다보고 있다면
수백년 뒤에나 지금 우리의 모습을 볼 수 있다고 하여도,
그 별빛들은 너무도 슬프도록 찬란했다
숨고 싶도록

마치 불굴의 전사처럼 당당히 흙을 파고 풀을 뽑고
몸 그을려 일궈낸 이중기 시인의 하늘 같은 자두나무밭,
주렁주렁 열린 자두알들은 그날 저녁의 그 별들처럼
유난히 영롱하게 빛나고 있을까

말곡리에서

양양에서 삼척 가는 중간 길옆 바닷가 작은 마을
말곡리에 우연히 가다
아직은 땟물이 스며들지 않은 이런 곳에서
오랫동안 길을 잃고 헤매고 싶다
여름날 한낮이면 술 한잔 안 마시고도 취한 듯이
나무그늘에 누웠다가
해가 지면 풀숲에 숨어 풀벌레로 울고
다음날 아침이면 낮은 솔밭에 희부옇게 머무는
물안개나 될까
검푸른 저 바다를 휘저으며 몰려오는 큰 물결로
온밤을 쉬지 않고 소리치며 모래 위에 하얗게
부서져버릴까
수북이 먼지 덮인 시절에 하루하루 가슴을 죄며
산다는 것, 이것이 어찌 제대로 된 인생인가
누구보다도 꿈은 크고 재주는 많으나
때를 잘못 만나 무단히 쫓기던 뜻 곧은 옛사람들처럼
아무도 쉽게 찾지 못할 이 작은 마을의
해당화 핀 지붕 낮은 집에서 숨어 살고 싶다

나에게 아버지는

나에게 아버지는 마을 앞의 당산나무요 뒷산 너머에
뾰족이 솟은 속금산*이요 거무스름한 이별바우**를
에돌아서 들 가운데로 굽어 흐르는 영산강이요
호박잎을 뚫을 듯이 쏟아지는 굵은 빗방울이요
뇌성벽력이요 큰바람에 벼이삭이 드러눕는 동막골
일곱마지기 논바닥이요 호밀밭 고랑에 핀 양귀비꽃이요
흰 두루마기 자락이요 앞채 사랑방의 담배 냄새요
저물녘 대문 밖의 헛기침 소리요 뒷숲의 대바람 소리요
햇살에 반짝이는
동백나무 짙푸른 잎사귀였으며,
나에게 아버지는, 내가 징집영장을 받고 군대에 가던,
그분의 산 모습을 마지막 본 겨울날 아침에
어서 가라고 몸조심하라고 몇번인가 흔드시던 애틋한
손짓이었다

* 고향 함평에 있는 산 이름.
** 고향마을 가까이에 있는 강변의 바위언덕.

유용주

화이트 엘리펀트

저는
소식을 하고 있습니다
소처럼 먹죠

공기와 이슬만 먹습니다
공기밥을 다섯그릇 이상, 참이슬을 후식으로 애용하죠

존재 자체가 무거워요 몸무게가 많이 나가요
원래부터 몸이 차가와요 영혼이 춥다는 얘기죠
숨 쉬는 것도 거짓이지요
그릇 중에는 사기가 으뜸이에요

저는
멧돼지가 하나도 안 무서워요
가까운 친척인걸요
수많은 문중들을 병 걸렸다고 산 채로 묻기도 해요
피의 온도로 냉난방을 돌리는 사람이 있죠

저는

한꺼번에 너무 많이 먹어서 슬픈 짐승이랍니다*
디저트로 녹조라떼를 즐기죠
사람들이 찾지 않아 텅 빈 수변공원은 어떻게 할까요
새들도 떠나간 자전거도로는 어떤 용도로 사용할 거예요
로봇 물고기는 언제 헤엄치죠
오염되어 죽은 물고기는 거름으로도 못 쓰죠
썩어 냄새나는 물은 활성탄을 많이 넣어요
강이 죽어가는 소리를 들어본 적 있나요

곡선보다 직선이 더 좋죠
열림보다 막힘이 더 낫죠
흙보다 시멘트를 거듭 사용하죠

감옥에서도
혼자 타죠
혼자 다 마셔요
혼자 다 처먹어요

* 친일을 한 시인의 시를 인용함.

늙으면 하루에 한끼만 먹을 거예요
제 고민은
세상의 굶주림에 대처하는 방법입니다
단식을 포함해서 말입니다

스미마셍

명절 연휴 피하려고 일본 갔다 아이와 아내랑 처음으로 가는 외국 여행이다 배 안에서 잠을 자고 이튿날 절을 찾아 나서는 코스였다 짐을 보관하려고 숙소에 들렀는데, 넓은 로비에서 젊은 남자가 부러 아내와 부딪쳤다 일본 사람들은 남에게 폐를 안 끼치기로 유명했다 나는 본능으로 이런 가이새끼를 봤나 달려들었다 아픈 뒤부터 사단 병력이 시비를 걸어와도 전혀 겁이 안 난다 배 타고 꽃구경은커녕 현행범으로 일본 경찰서에 갇히는 신세가 되겠군 왜 그렇게 경찰과 인연이 질기게 이어지는 거냐 아이가 영어로 직원에게 설명하면 직원이 경찰에게 자국말로 얘기해주는 시간은 지루했다 국제변호사와 캉꼬꾸 고 홈을 외치던 놈이 배를 땅에 깔고 거듭 고개를 조아린다 아침부터 술을 마셨다는 경찰의 전언이다 여우 피하려다 늑대 만난 격이다 개새끼는 경찰을 의미하는 일본말과 비슷하다는데

등교를 하던 아이가 저기 아빠가 걸려 있네, 흐흐 아빠가 유명하다보니까 플래카드까지 걸려 있구나 가까이 지나가다 보니 유흥주점 똥쌍피 단란주점 신장개업을 알리는 플래카드가 찢겨 펄럭거리고 있었다 찢긴 자리에 점자

가 숨어 있었다

오랜만에 책을 내고 기자 간담회를 인사동 식당에서 열었다 한참 식사와 반주로 정신이 없는데, 밖에서 나를 찾는다 이름이 알려지자 여기까지 찾아왔구나, 사인펜을 챙겼다 연신 고개를 갸웃거리는 장년의 사내 가슴에는 『나의 문화유산답사기』가 들어 있었다

전설

선배가 소설을 쓰려고 절에 있을 때 얘기다 선배는 머리카락 숱이 적어 빡빡 밀고 다녔다 막내딸이 응원을 왔다 아이와 함께 식당으로 가 고기와 소주를 시켰다 음식을 가져온 아줌마가 궁시렁거렸다 아무리 세상이 말세라지만 스님이 술과 고기에…… 그것도 모자라 벌건 대낮에 젊은 여자를 끼고 히히덕거리다니

한 남자가 세상을 바꿔보겠다고 높은 절벽에 굴을 파서 들어갔다 밤을 낮 삼아 가부좌를 틀고 면벽수행을 해도 깨달음은 멀리 있었다 몇년이 흘렀다 단식을 밥 먹듯 하고 치성을 드렸지만 갈증이 났다 고행을 통해 하느님을 한번 만나보는 게 소원이었으나 끝까지 가지 못하고 파계를 했다 속세에 나가면 처음 본 여자와 자리라 첫 여자는 거리에서 몸 파는 사람이었다 이튿날 아침, 수도자는 오도송을 크게 읊었다 득음을 했다고, 드디어 하느님을 만났다고, 하느님은 낮은 곳에 계셨다

돈 많은 보살이 신심 깊은 젊은 주지한테 딸을 맡겼다 딸은 경전과 함께 무럭무럭 자랐다 시집갈 나이가 되어 집

에 내려왔다 물이 오른 딸은 때 하나 묻지 않은 처녀였다 후덕한 보살은 화가 났다 피 끓는 스님이 진정한 중은 아니었군 보살은 주지가 마음에 들었나보다 사람을 잘못 본 거야 내 딸을 고이 보내다니 늙은 보살은 시주도 끊고 인연도 끊었다 절은 곧 열반에 들었다

탁발을 돌던 어떤 스님이 목이 말라 물냉면을 시켰다 공부가 깊은 중이었다 길에서 부처가 돼보겠다는 큰 꿈을 꾸었다 주방장은 습관대로 편육과 삶은 달걀을 고명으로 올렸다 아차! 스님은 고기를 안 자시지, 어떡할까요 스님? 보면 몰라, 깔아 이 자슥아

윤재철

부추꽃

장모 떠난 빈집
부추꽃 피었다
오래 베어 먹지 않아서
부추에 꽃이 피었다

장모가 무쳐주던 부추겉절이
알싸하게 입안 맴도는데
장모는 먼 길 떠나고
부추꽃만 남았다

헝클어진 텃밭 모서리
철없이 부추꽃은 피어
하얀 꽃이 노란 꽃밥 물고
늦가을 벌 나비 부르는데

빈집처럼 나는 외로워
마당 헤적이는 바람처럼 외로워
가슴속엔
하얀 별꽃이 진다

지붕 위의 나팔꽃

아침 출근길 장승배기역에서
영등포고등학교 올라가는 언덕길
축대 밑 무너질 듯 낡은 집 지붕 위에
보랏빛 나팔꽃 피어 있다

지게에 나무통 지고 다니던
새우젓장수 따라간 줄 알았더니
이삿짐 마차에 얹힌 무쇠 솥단지
이불보따리 따라간 줄 알았더니

이른 아침
낡은 집 지붕 위에 올라 앉아
햇빛 속에 이슬을 털고 있다

길 건너 25층 아파트 공사장에는
까마득한 타워크레인에 매달려
철강재 하늘로 올라가는데

그건 나도 몰라유

우리는 이 집밖에 몰라유
나팔꽃 가족 아침 햇빛 속에
철없이 해맑은 얼굴을 들고 있다

카센타 민들레

동네 작은 카센타
문턱
차가 딛고 오르라고 비스듬히 깔아놓은
양옆이 막힌 두꺼운 강철판
바닥 틈서리
노란 민들레꽃 피어 있다

까만 기름때 낀 민들레

작년에도 그 자리
노란 민들레꽃 보았다
아마 겨울 넘어
똑같은 꽃이었을 것이다

이동순

좀비의 생리

좀비에 관한 연구 3

무엇이
인간 좀비로 만들었나
그것은 개인주의
도구적 이성의 지배
시민으로서의 정치적 자유 상실
이 때문에 인간은
다만 자기 삶에만 초점 맞추고 살아가네
마음의 시야 점점 좁아지고
삶의 의미 사라졌네
남과 이웃 따위 안중에 없어
오로지 자기도취
보다 높은 삶에 대한 목적도 없어
이렇게 좀비로 바뀐 인간들
오늘도 더 많은 부동산 얻으려고
개펄 매립할 궁리
값비싼 빌딩 지으려고
가난한 달동네 허물어버릴 궁리하지
좀비들 늙어가면서
욕망 잃지 않으려 자리에 연연하며

심한 불안으로 부르르 떠네
욕망의 연결고리 끝 보이지 않고
더 높은 권력
보다 많은 자본축적
이 모든 기대와 욕망으로 좀비들
스스로 쌓아 올린
불행궁전에 갇히네

좀비는 누구인가

좀비에 관한 연구 14

이목구비에서
피 철철 흘리며 으르렁거리는
저 흉한 좀비는 곧
지금 그대의 또다른 얼굴

자고 깨면
갖은 세속적 욕망으로
허겁지겁 이미 부른 배를 더 채우려는
그대의 또다른 꼬락서니

우르르 몰려다니며
씹고 찌르고 할퀴고 물어뜯어
공포의 바이러스 온 세상에 퍼뜨리는
좀비는 다름 아닌 그대 자신

아서라 좀비는
느닷없이 생겨나지 않았다
모두 우리가 인간을 벗어나 살아온 시간의 끝
거기서 생겨난 바퀴 구더기

거울을 보라
자주 거울을 들여다보라
내 얼굴이 혹시 좀비로 바뀌어가는지
살피고 또 살펴볼 일이다

집단적 좀비화

좀비에 관한 연구 18

누가 좀비인가

자발적 생각 없는 인간

기억과 의지 착취당한 인간

과대망상 정신분열 분노조절장애

온갖 흉측한 꼴로 좀비는 우리 곁에 머물러 있네

시장에서 백화점에서

광화문 지하도에서 좀비 봤지

내 차 앞으로 마구 끼어들어 경적 울리며

도리어 차창 열고

험상궂은 얼굴로 쌍욕 퍼붓는

못난 좀비 쉽게 만나네

약국에 가면 진열창에 흔하게 전시된

좀비 파우더

겨드랑이가 땀에 젖으면

좀비 파우더 뿌려서 효과 볼 것이야

세상은 이렇게 점점

공동체의 권리와 보호 빼앗기는

사회적 죽음들로 가득하네

약물중독자

전염병 방사능 핵무기
무릇 정치란 같은 시대의 우둔한 주민들
집단적 좀비화로 이끄는 것
사랑과 희망과 행복은
이제 아득한 전설로만 기억되네

이원규

별빛 내시경

눈을 감아야 보이는 것들
도시를 꺼야 비로소 보이는 것들이 있다
반딧불이 은하수 가물가물 첫사랑의 눈빛
두 눈이 멀기 전에 캄캄한 곳으로 가자
예감의 더듬이 다 바스러지기 전에
오지 마을로 별빛 사냥을 가자
네온사인 가로등 텔레비전 핸드폰
별 볼 일 없는 세계 최악의 빛 공해 나라
밝아도 너무 밝아 생각은 먹통이고
사랑과 혁명도 시청률 다 정해져 있더라
한반도 밤의 위성사진이 캄캄한 곳
진안 봉화 영양 인제 개마고원 백두산
북간도의 명동촌 윤동주 생가에 가보자
고흐의 별이 빛나는 아를 카페거리
생레미 생폴 정신병원도 너무 밝아졌더라
나는 왜 무엇으로 언제 어떻게 어디로 가는지
동해선 종단열차를 타고 고성 원산 청진
북두칠성 삼태성에게 물어나보자
울다가 휙 노려보던 당신의 눈초리

별빛을 사냥하다 슬그머니 별들의 포로가 되자
바이칼 호수에서 맨 처음 목욕재계하듯이
산꼭대기에서 훌훌 옷을 벗고
기막힌 정수리에서 용천혈까지 별빛 샤워를 하자
하룻밤 굶으며 위 내시경 검사를 받고
오금 저리도록 별의 별의 별침을 맞아보자

아궁이 속에 집 한채

내 한 몸 덥히는 일이 만만치 않다
겨우내 장작을 구하며
아궁이 속에 야금야금 군불을 지피며
이내 목숨 버티는 일이 결코 만만치 않다

전남 나주의 한옥 목수 김민성 형이
지리산 폐가 한채를 트럭에 싣고 왔다
섬진강 첫 매화가 필 때까지
시커먼 서까래 각목 소나무 기둥
아궁이 속에 집 한채가 다 들어갔다

한 삽 잿가루에 문고리 꺾쇠 꼬부라진 대못
집이 집을 먹고도 겨우 아랫목만 따스하다니!
여차하면 겨우내 솔숲 하나
일생 동안 지리산을 다 삼키겠다

지구는 이미 오래된 세계화의 아궁이
가마솥에 물이 펄펄 끓어도
사람이 사람을 먹고 겨우 한 사람만 배부르듯

도시가 농촌을 먹고 겨우 한끼 밥상을 차리듯
자본이 지구를 먹고 겨우 주식 상한가를 치다 말듯

블랙홀 그 사건의 지평선에서
결 다른 문짝이나 어깨를 건 실강처럼
나를 지펴 당신을 불태워도
사리는 고사하고 녹슨 나사못 하나 안 보이니

어느날 문득 당신과 나는 아무 상관없겠다
아궁이 속에 다시 불타는 집 속에서

땅멀미

시베리아 흑두루미가 돌아왔다
순천만에 내리자마자 뚜루루 멀미를 하고
낙동강도 흐르다 합천보에서 부글부글
메스껍다 어지럽다 초록색 멀미라니!
블라디보스토크에서 이르쿠츠크까지
횡단열차 타고 사흘 밤낮 흙피리를 불다가
두 발 내리는 순간 대륙이 비틀거렸다
칠십년 섬나라 다람쥐가 난생처음 땅멀미를 했다
홍콩에서 네덜란드 로테르담까지
지리산 촌놈이 세계지도를 들여다보며
남지나해 인도양 홍해 수에즈운하 지중해 대서양
현대상선 콜롬보호에서 내리자마자
땅바닥이 솟구치고 유럽이 출렁거렸다
네덜란드 노숙인보다 가난한 시인
싸구려 위스키를 병나발 불다 쓰러졌다
일생 흔들리는 것이 체질이었으니
잠시 멈추는 순간 북극성도 초점이 흐려지고
죽음보다 더 좋은 멀미약은 없으니
걷고 달리고 사랑하고 싸우며 흔들릴 뿐

이별은 사랑의 뱃멀미

시혼은 가난과 외로움의 차멀미

촛불은 부패와 역주행의 땅멀미

통일은 레드콤플렉스와 무기상의 밥멀미

혁명은 자본주의와 갑질의 사람멀미

지리산에 살다 잠깐 서울에 가면

이명인지 헛것인지 지진이 나고 화산이 폭발했다

오직 멀미의 힘으로 지구는 돌며 전속력으로 나아간다

임솔아

메이드

좀비들이 바깥을 돌아다니는
만화책을 보았다.

주인공은 방에서 지냈다.
친구들이 좀비가 되어가는 걸
문구멍으로 지켜보았다.

친구들은 먹고 뛰고 울부짖었다.
참으로 정직해 보였다.

매일 밤마다 친구들은
나오라고 해맑게 손짓하고

문을 열고
바깥 냄새를 맡아보고 싶었다.
좀비의 냄새를. 그리운 친구들의 냄새를.

메이드는 만화책을 덮었다.
복도 양옆으로 늘어서 있는 방들을

지나가고 지나갔다. 메이드는 복도에서 지냈다.

아무도 없는 방을 발견하면
초인종을 눌렀다.
방 안에서 새소리가 들렸다.

문을 열어줄 사람이 없으니까
더 오래 새소리가 들렸다.
메이드가 문을 열면

이 방에 없는 사람의 냄새가 났다.
메이드는 무릎을 꿇고 앉아
바닥 카펫의 얼룩을 지웠다.

카펫은 보드랍고 짐승의 살결 같고
사람의 흔적을 남겨두어서는 안 되었다.

이 책을 덮고 나는 욕조에 물을 받았다.
욕조 옆에 무릎을 꿇고 앉아

책을 씻겼다.

깨끗해질 때까지.
지저분한 문장들이 깨끗하게
다 사라질 때까지.

종이는 조금씩 투명해져갔다.
앞장에서 뒷장이 비쳤다. 울고 엉겨 붙고 찢어지고 불어
터졌다.
글자는 더 또렷해져갔다.

편지를 읽고
너는 욕조에서 사람을 발견한다.
젖어 있는 사람을 창틀에 널어 말린다.

건너편 건물 창틀에 앉아
고양이가 제 몸을 말리고 있다.
저 애는 창틀에서 지낸다.

서로

불 켜진 간판 하나를
친구가 가리켰다.

고개를 저으며
나는 친구에게 말했다.

저곳은 우리는 들어가지 못해.

간판만 보고서 어찌 아느냐고
친구는 나를 그 가게로 이끌었다.

촛불을 켜두고서
한 여자가 손님을 기다리고 있었다.
여자들이 어떻게 여기 왔느냐고 여자는 물었다.

그러게요.
우리가 어떻게 여기에 왔을까요.
우리는 셋 다 어깨를 으쓱했다.

아무도 없으니까

라며 여자는 메뉴판을 내주었다.
아무도 없으니까
여자와 여자와 여자가 함께 앉았다.

소파는
더럽게 푹신했다.
몸이 푹푹 파묻혔다.

우리 중 누군가가
종일 옷을 지킨 적이 있다 말했다.
옷을 벗어두고 사람들이 바다에 뛰어들었다 했다.

납작하게 널브러져
모랫바닥에
나뒹굴던
옷.

우리 중 누군가가

그런 장면은 이상하게도
잊히질 않는다 말했다.
셋 다 고개를 끄덕였다.

서로의 얼굴 속에서
서로의 얼굴을 찾아주려는 듯
우리는 빤히 서로를 바라보았다.

길에서 마주치더라도

알아볼 수 없는 사람들이
거리를 꽉 메울 때까지
그랬다.

이름

결혼식장에서
이름만 알고 있던 사람들을 만났다.
나는 모른 체했다. 그들이 나를 모른 체하는 것도
모른 체했다.

주변을 두리번거리고

찾고 있는 식물 이름이 뭐냐고
주인은 내게 물었다.

빛과 물이 없어도 잘 살고
허공에 매달려서 살고
손바닥보다 작다고 말하자

주인은 나를 덤불숲으로 데리고 갔다.
덤불 꼭지 하나를 따 보여주었다.
틸란드시아는 원래 이렇게 생겼다고

결혼식장에서 원래 알던 사람도 만났다.

이름이 기억나지 않았다.

저를 잊어버리셨군요,

나는 그 사람을 기억했다.
그는 아프가니스탄에서 태어났고 페인트공이라 했다.
저 아름다운 하얀 벽들과 파란 창문을 모두 자기가 칠했다고 했다.

헤어지기 전에 나는 이름을 물었다.
그는 내 공책에 자기 나라 말로 자기 이름을 적어주었다.
읽을 수 없는 말이었다.

집으로 돌아와
공책을 꺼내어
그의 이름을 번역기에 옮겨 적었다.

그것은 이름이 아니었다.
행운을 빌어요,라는 말이었다.

행복하세요,라고 신부에게 인사했다.
신부는 칸쿤에서 엽서를 보내왔다.

나는 잘 지내고 있어.

자꾸 아는 사람을 마주친다는 점만 빼면.
여기저기에서 한국말이 들려. 멀리서도 귀신같이
그 말을 알아듣고 말아.

최종천

창세기의 논리적 독해 2

창조의 여섯날

신이 우주를 창조하는 데 왜 여섯날이 필요했는가?

젊은 지구론? 늙은 지구론?

신학에서 아직까지 풀지 못한 창세기의 네가지의 것이 있는데

그것들은 다음과 같습니다.

1. 창조의 여섯날
2. 창조의 네번째 날
3. 두개의 창조기사?
4. 하나님에서 여호와 하나님으로의 변화

이 네가지의 것 가운데 신학적으로 가장 심각한 것이 네번째의 것입니다.

그러나 신학에서는 이 문제를 그렇게 다루고 있지 않습니다.

전지전능한 신이 우주의 창조에 왜 하필이면 여섯날이 필요했을까?

다음은 존 C. 레녹스가 자신의 『최초의 7일』에서 보이는 여섯날입니다.

날	형성	채움	날
1	빛	발광체	4
2	하늘/바다	날개 달린 생물	5
3	바다/마른 땅/실물	육지동물/인간	6

레녹스는 이것이 지구 생태계의 지도라는 것을 모르고 있습니다.

신이 여섯날에 걸쳐 창조한 것은 다른 게 아니라, 지구의 생태계입니다!

지구의 생태계는 먹이사슬로 되어 있습니다. 이 먹이사슬이 여섯 단계를 하고 있기 때문에,

신의 창조에는 여섯날이 필요했던 것입니다. 먹이사슬을 보면 다음과 같습니다.

6. 인간의 창조/잡식동물
5. 바다/육지의 생물, 초식동물, 육식동물
4. 광명체가 땅을 비추게 함/식물의 광합성
3. 땅 위의 식물
2. 대륙의 갈라짐, 뭍이 드러남/흙 속의 미생물
1. 천지/하늘 땅/바다

여섯날은 시간적인 조건이 아니라, 논리적인 조건입니다.

이것이 먹이사슬인 이유는 각 날에 나타난 존재의 번식력이 다르기 때문입니다.

땅/흙은 무덤이자 자궁입니다. 천지의 땅속의 미생물은 가장 번식력이 강합니다.

이 미생물을 먹이로 하는 식물은 자신을 먹이로 하는 초식동물보다는 번식력이 강하고

자신이 먹는 미생물보다는 약합니다. 이 식물은 지구생태계의 에너지 공급자입니다.

식물을 먹이로 하는 초식동물은 식물보다 번식력이 약하고 자신을 먹는 동물보다는 강합니다.

바다와 육지의 동물들은 식물을 먹고 살고, 식물보다는 번식력이 약합니다.

그러나 자신을 먹는 잡식성의 동물인 인간보다는 번식력이 강합니다.

인간은 보이지 않는 것까지를 먹어야 하는 마지막 포식

자이기 때문에 번식력이

가장 약합니다. 이렇게 우리는 우주생태계의 마지막 포식자로 창조/진화된 것입니다.

그러므로 인간이 수고를 치르게 되면 그 아래 모든 존재 전 지구와 우주가 수고를

치르게 되어 있습니다. 인간이 버린 것은 다시 인간의 입으로 들어갑니다.

신마저도 각 존재의 번식력을 축으로 하여 논리적으로 창조해야 했습니다.

논리는 어떻게에 대해서는 앞서나, 무엇에 대해서는 앞서지 않기 때문입니다.*

그러나 인간의 잡식성은 신의 이러한 창조논리를 뒤집어엎어버립니다.

* 비트겐슈타인. 논고 5.552.

창세기의 논리적 독해 3

먹이사슬

창세기를 반복하여 읽으면서도 놀라게 되는 것은 신의 창조가 실제 자연의 진화와 일치하는 데 있다. 창세기 1장에서 신이 창조한 것은 지구 생태계이다. 생태계는 먹이사슬로 되어 있다. 먹이사슬이란 이 세계에 나타난 것들의 기능이 진화함에 따라 만들어지는 것으로 이 우주는 먹이사슬을 통하여 균형과 질서를 잡아주고 있는 것이다.

창세기 1장에 나타난 먹이사슬을 보면 아래와 같다.

6. 인간의 창조/잡식동물

5. 바다/육지의 생물, 초식동물, 육식동물

4. 광명체가 땅을 비추게 함/식물의 광합성

3. 땅 위의 식물

2. 대륙의 갈라짐, 뭍이 드러남/흙 속의 미생물

1. 천지/하늘 땅/바다

각 존재의 번식력을 축으로 한 이 먹이사슬을 피라미드로 나타낼 수가 있을 것이다.

이 피라미드에서 맨 위 꼭짓점을 가지고 있는 곳이 인간의 영역이다. 이 먹이사슬을 통하여 생각하면 지구 생태계에서 인간이 해야 하는 일이 무엇인지를 알 수가 있다. 그것은 이 세계를 포식하여 소비해주는 것이다. 문제는 그 포식하는 방법에 있는 것이다.

그 방법이 오로지 모든 것을 몸으로 하는 원시노동이어야 한다는 사실이다. 원시노동만이 지구 생태계의 균형을 유지하게 해줄 수가 있는 것이다. 기계에 의한 대량생산 노동은 생태의 균형을 무너뜨리게 된다. 이 노동만이 진리이다. 진리는 실천의 것이지 이론의 것이 아니다.

인간의 모든 지식은 이 진리를 실천하기 싫은 데 따르는 변명이다. 바로 그러한 이론이 지구 생태계의 균형을 무너뜨리고 있는 것이다. 피라미드의 대각선은 이러한 진화의 전도를 논리적으로 보여주고 있다.

피라미드가 끼고 있는 두개의 대각선을 연장하여보라! 그러면 마주 보고 거꾸로 선 피라미드가 나타난다. 두개의 대각선이 교차하여 갈라지는 곳이 신의 창조/자연 진화의 논리가 전도되는 순간이다.

창세기의 논리적 독해 4

대각선이 의미하는 것

진화는 어떻게 진행될 것인가? 인간은 지구 생태계의 마지막 포식자가 아니다. 이 말은 즉 인간의 정신이 지구 만물을 대상으로 하는 메타가 아니라는 것을 의미할 것이다. 인간을 대상으로 하는 것이 있다. 그것이 바로 문명이다. 인간이 창조하고 있기 때문이다.

피라미드의 대각선을 연장하면 마주 보는 거꾸로 서는 또 하나의 피라미드가 나타난다.

이것은 정신의 피라미드이다. 정신은 생물적인 번식력과는 거꾸로 되어 있다. 정신의 번식력은 흙과 미생물에서는 최소치를 보이지만 인간에게 와서는 최대치를 보이고 있다. 이 정신의 번식력에 의하여 창조/진화의 논리가 전도되고 있는 것이다. 이 순간을 포착하고 있는 것이 대각선이 만났다가 교차하여 갈라지는 곳이다. 인간의 모든 허구와 문화적인 활동은 그것이 자연에 대하여서는 인간의 생물적인 번식력으로 되어버린다는 것이다.

이 대각선을 통하여 미래의 진화를 생각해보면 포식자인 인간의 개체수가 극한으로 줄어들면 다시 자연이 풍요로워지게 될 것이다. 자연이 풍요로워지게 됨에 따라 인간의 개체수가 늘어나고 문명이 다시 발달할 것이다. 다시 자연이 축소되고 그에 따라 인간의 개체수가 극한으로 줄어들게 될 것이다. 이렇게 반복될 것이다.

논리적으로 볼 때, 태양이 적색거성이 되어 지구를 삼키는 그날까지 지구에서는 이러한 진화가 계속될 것이다.

대각선은 수평선이나 수직선과는 다른 선이다. 그것은 일어서고 있는 선인 것이다. 말하자면 대각선은 자기를 지시하고 있는 것이다.

소크라테스 이전의 철학자들, 그러니까 자연학자들이 말을 다투었던 것은 바로 이러한 사물/물질의 본성을 두고 한 것이었다. 물질에는 정신이 들어 있어 자기를 지시한다.

인간의 정신은 이러한 물질의 정신에 대한 정신이어야 하고,

인간의 언어는 이러한 사물의 언어를 듣고 말하는 언어라야 하는 것이다.

그것은 어디까지나 인간의 원시노동을 통하여서만 가능한 것이다.

화이트헤드가 『이성의 기능』에서 인간에 대한 냉소와 혐오 분노를 섞어가며 토로한

살기 위한 충동. 잘 살기 위한 충동. 보다 더 잘 살기 위한 충동은 만족되지 않을 것이다.

당혹스러운 것은 우주 자체가 가능성의 총체라는 사실이다.

그러니까, 인간이 달에 갈 수가 없다면 이 우주는 나타나지 않았을 것이다.

인간이 다른 태양계로 탐사선을 보낼 수가 없다면, 우주는 나타나지 않았을 것이다.

거기에는 진화하는 인간의 노동이 있다.

이 지구는 인간이 어떠한 논리로 사용하는가에 따라 지구가 아닌 다른 행성, 금성 같은 행성이 될 수가 있을 것이다.

논리는 어떻게에는 앞서나, 무엇이에는 앞서지 않는다.*

우리 자신이 논리다.

* 비트겐슈타인. 논고 5.552.

하종오

죽은 시인의 사회* 1

용정에서 취재하러 남한에 온
조선족 난민의 후손 윤동주 시인이
말이 통하지 않아 어찌할 바를 모르는
나를 데리고 예멘 청년들을 만났다
나는 도무지 알아듣지 못하는 아랍어를
능숙하게 구사하는 윤동주 시인을 보면서
시를 잘 쓰면 절로 아랍어가 터득되나보다 했다
윤동주 시인은 대화 내용을
바로바로 나에게 통역하였다
난민 신청했다가 인도적 체류 허가받은 예멘 청년들 중에는
시를 습작하는 시인 지망생 하산 씨가 있어
시인인 우리를 알아본다고 했다
예멘 청년 하산 씨는 시골에서 태어나 자라 도시에서 공부했으며
어릴 적부터 시인이 되기를 꿈꾸었노라고 말했다고 했다
그런 말을 들은 내가

* 피터 위어 감독, 톰 슐만 각본의 동명 영화에서 제목만 차용.

윤동주 시인도 마당에 자두나무가 있고
울 밖에는 살구나무가 많고 쪽문을 나가면 우물이 있고
대문을 나서면 텃밭이 있는 집에서 태어나 자라면서*
어릴 적부터 시인이 되기를 꿈꿨다고
말하려다가 입을 다물었다
예멘 청년 하산 씨가 인도적 체류 허가받은 지금 처지로는
시를 습작하기에 난망해 보여
요즘은 무슨 꿈을 꾸느냐고
윤동주 시인에게 물어봐달라고 부탁했다
윤동주 시인이 내 질문을 전했는지
혹은 전하지 않고 다른 질문을 했는지 몰라도

* 『시사저널』의 기사 「'조선족 윤동주' '한국인 윤동주' 우리에겐 '두 명의 윤동주'가 있다」(2017.9.29)에는 이런 대목이 있다. "윤동주의 친동생인 고 윤일주 성균관대 교수는 윤동주 생가에 대해 그의 저서 『윤동주의 생애』에서 이렇게 묘사했다. '명동집은 마을에서도 돋보이는 큰 기와집이었다. 마당에는 자두나무들이 있고, 지붕 얹은 큰 대문을 나서면 텃밭과 타작마당, 북쪽 울 밖에는 30주가량의 살구와 자두 과원, 동쪽 쪽대문을 나가면 우물이 있었고, 그 옆에 큰 오디나무가 있었다.'"

몇마디 중얼거리는데도
낯빛이 빛나 보이는 예멘 청년 하산 씨와
윤동주 시인이 환하게 웃으면서 악수를 해서
나도 따라서 환하게 웃으면서 악수를 했다
윤동주 시인은 용정으로 돌아가지 않고
남한에 머물면서 예멘 청년들과 자주 만나야겠다면서
시인 지망생 예멘 청년 하산 씨가 한 대답을 나에게 들려주었다
한국어를 배우고 싶다,
한국어로 시를 쓰고 싶다,
난민이 된 예멘인들에 대해서 한국어로 시를 쓰고 싶다,
예멘에서 벌어지고 있는 내전은 보통 예멘 사람들이 벌인 전쟁이 아니라는 걸 보통 한국 사람들에게 전하고 싶다,
한국어를 가르쳐달라,고……

죽은 시인의 사회 2

남한에서 북한으로 넘어갔다가
숙청되어 처형되었단 설이 있고
육이오전쟁 통에 행방불명됐단 설이 있는
오장환 시인이 예멘인으로
제주에 입도했다는 뜬소문을 들었다

남몰래 읽은 시집을 찾아 다시 읽으면
오장환 시인이 꿈꾸던 사회가
아직도 이루어지지 않았고
오장환 시인이 기다리던 인간도
아직도 태어나지 않아서
그 사회와 인간을 찾으러
제주에 왔다는
가당찮은 예감을 떨칠 수 없어
나도 제주에 왔다
어떤 국가에도 어떤 시대에도
시인이 꿈꾸는 어떤 사회가 이루어지고
시인이 기다리는 어떤 인간이 태어날까만
여전히 꿈과 기다림을 버리지 않았을

오장환 시인을 확인하고 싶었다

내가 제주에서 만난 예멘인들에게
오장환 시인을 아느냐고 물었을 때
뜻밖에도 입을 모았다
예멘에선 시인이라고 해도
전사가 되지 않았다면
아마 못 살아남았을 거라고
예멘에서 탈출했다면
아마 제주에 입도했을 거라고
이슬람 수니파와 시아파가 전쟁하는 예멘에선
예멘인들 개개인이
수니파든 시아파든 무슬림이 아니든
총을 들지 않으면 죽거나 굶주려야 했다고

나에겐 젊은이로 기억되는 오장환 시인,
북한에서 숙청당하여 처형되지 않았다면
육이오전쟁 통에 행방불명됐다면
가난한 인민이 사는 가난한 국가

예멘으로 절대 갈 수 없었다고
누가 장담할 수 있겠는가
제주에 절대 올 수 없다고
누가 증명할 수 있겠는가

죽은 시인의 사회 3

예멘에서 부모님과 함께 와서
인도적 체류 허가받은 자이납 어린이와
권정생 시인이 만났다
자이납 어린이가 머무는 제주에선지
권정생 시인이 지내는 안동에선지
나는 밝히지 않겠다
중요하고 소중한 점은
상대방 국가의 언어를 모르는데도
서로 말문이 금방 트였다는 것이고
가는귀를 살짝 먹어가는 나도
말귀를 잘 알아들었다는 것이다
아랍어인지 한국어인지
남들이 구분하지 못하는 말로
자이납 어린이는 권정생 시인이 동화를 쓰는 줄 알고
한국에 아라비안나이트 같은 재밌는 설화가 있느냐고
물었고
권정생 시인은 피난민 자이납 어린이에게
이슬람 수니파와 시아파가
언제 몰려와 총을 쏘아댈지 모르는 예멘 마을마다

아이들이 숨지 않고 뛰어놀 장소가 있느냐고 물었다
물론 한국엔 아라비안나이트 같은 재밌는 설화가 없다고
물론 예멘 마을마다 아이들이 숨지 않고 뛰어놀 장소가 없다고
권정생 시인과 자이납 어린이가 대답하는 말소리를 나는 들었다
그러고 나서 자이납 어린이는 재잘재잘 끝없이 이야기를 하였고
권정생 시인은 그렇지 그렇지 맞장구치며 끝없이 이야기를 들었다
아, 저세상에는 아이들이 없어 아이들이 많은 이 세상으로
권정생 시인이 서슴없이 거처를 옮겼다는 소식이 들려와서
불현듯 문안인사차 찾아갔던 나는 이 시 한편으론
둘 사이에 오간 담화를 다 전달하지 못하겠다
다만 인도적 체류 허가받은 자이납 어린이가
난민으로 인정받는 날까지
권정생 시인이 날마다 만나면서

모든 예멘 아이들이 일부 예멘 어른들이 벌이는 전쟁에서 다치지 않고

한국으로 올 수 있는 방법을 백방으로 알아보고 있다는 것만 부언해놓겠다

| 수록작가 소개 |

고재종 高在種

1957년 전남 담양 출생. 1984년 『실천문학』으로 작품활동 시작. 시집 『바람 부는 솔숲에 사랑은 머물고』 『새벽 들』 『날랜 사랑』 『앞강도 야위는 이 그리움』 『그때 휘파람새가 울었다』 『꽃의 권력』 등이 있음. 신동엽문학상 소월시문학상 영랑시문학상 등 수상.

곽재구 郭在九

1954년 광주 출생. 1981년 중앙일보 신춘문예로 등단. 시집 『사평역에서』 『한국의 연인들』 『서울 세노야』 『참 맑은 물살』 『와온 바다』 『푸른 용과 강과 착한 물고기들의 노래』 등이 있음. 대한민국문화예술상 문학부문과 신동엽문학상 동서문학상 등 수상.

김명수 金明秀

1945년 경북 안동 출생. 1977년 서울신문 신춘문예로 등단. 시집 『월식』 『하급반 교과서』 『침엽수 지대』 『바다의 눈』 『아기는 성이 없고』 『가오리의 심해』 『여백』 『곡옥』 『언제나 다가서는 질문같이』 등이 있음. 만해문학상 신동엽문학상 오늘의작가상 등 수상.

김성규 金聖珪

1977년 충북 옥천 출생. 2004년 동아일보 신춘문예로 등단. 시집 『너는 잘못 날아왔다』『천국은 언제쯤 망가진 자들을 수거해가나』 등이 있음. 신동엽문학상 김구용시문학상 등 수상.

김중일 金重一

1977년 서울 출생. 2002년 동아일보 신춘문예로 등단. 시집 『국경꽃집』『아무튼 씨 미안해요』『내가 살아갈 사람』『가슴에서 사슴까지』 등이 있음. 신동엽문학상 김구용시문학상 등 수상.

김현 金炫

1980년 강원 철원 출생. 2009년 『작가세계』 시부문 신인상으로 등단. 시집 『글로리홀』『입술을 열면』 등이 있음. 신동엽문학상 김준성문학상 등 수상.

도종환 都鍾煥

1954년 충북 청주 출생. 1984년 『분단시대』로 작품활동 시작. 시집 『고두미 마을에서』『접시꽃 당신』『당신은 누구십니까』『부드러운 직선』『슬픔의 뿌리』『해인으로 가는 길』『세시에서 다섯시 사이』『사월 바다』 등이 있음. 백석문학상 신동엽문학상 정지용문학상 등 수상.

박성우 朴城佑

1971년 전북 정읍 출생. 2000년 중앙일보 신춘문예로 등단. 시집 『거미』『가뜬한 잠』『자두나무 정류장』『웃는 연습』 등이 있음. 백석문학상 신동엽문학상 등 수상.

박소란 朴笑蘭

1981년 서울 출생. 2009년 『문학수첩』으로 등단. 시집 『심장에 가까운 말』 『한 사람의 닫힌 문』 등이 있음. 신동엽문학상 내일의한국작가상 등 수상.

박준 朴濬

1983년 서울 출생. 2008년 『실천문학』으로 등단. 시집 『당신의 이름을 지어다가 며칠은 먹었다』 『우리가 함께 장마를 볼 수도 있겠습니다』 등이 있음. 신동엽문학상 오늘의젊은예술가상 등 수상.

손택수 孫宅洙

1970년 전남 담양 출생. 1998년 한국일보 신춘문예로 등단. 시집 『호랑이 발자국』 『목련 전차』 『나무의 수사학』 『떠도는 먼지들이 빛난다』 등이 있음. 신동엽문학상 노작문학상 애지문학상 임화문학예술상 등 수상.

송경동 宋竟東

1967년 전남 벌교 출생. 2001년 『내일을여는작가』와 『실천문학』을 통해 작품활동 시작. 시집 『꿀잠』 『사소한 물음들에 답함』 『나는 한국인이 아니다』 등이 있음. 신동엽문학상 천상병시문학상 등 수상.

안희연 安姬燕

1986년 경기 성남 출생. 2012년 창비신인시인상으로 등단. 시집 『너의 슬픔이 끼어들 때』 등이 있음. 신동엽문학상 등 수상.

양성우 梁性佑

1943년 전남 함평 출생. 1970년 『시인』으로 등단. 시집 『겨울 공화

국』『북치는 앉은뱅이』『청산이 소리쳐 부르거든』『그대의 하늘길』『사라지는 것은 사람일 뿐이다』『첫마음』『물고기 한 마리』『아침꽃잎』『내 안에 시가 가득하다』 등이 있음. 신동엽문학상 등 수상.

유용주 劉容珠

1959년 전북 장수 출생. 1991년『창작과비평』으로 등단. 시집『가장 가벼운 짐』『크나큰 침묵』『은근살짝』『서울은 왜 이렇게 추운겨』 등이 있음. 신동엽문학상 거창평화인권문학상 등 수상.

윤재철 尹載喆

1953년 충남 논산 출생. 1981년『오월시』 동인으로 작품활동 시작. 시집『아메리카 들소』『그래 우리가 만난다면』『생은 아름다울지라도』『세상에 새로 온 꽃』『능소화』『썩은 시』『거꾸로 가자』 등이 있음. 신동엽문학상 오장환문학상 등 수상.

이동순 李東洵

1950년 경북 김천 출생. 1973년 동아일보 신춘문예로 등단. 시집『개밥풀』『물의 노래』『지금 그리운 사람은』『봄의 설법』『철조망 조국』『가시연꽃』『마음의 사막』『묵호』『멍게 먹는 법』『마을 올레』 등이 있음. 신동엽문학상 정지용문학상 김삿갓문학상 등 수상.

이원규 李元圭

1962년 경북 문경 출생. 1984년『월간문학』과 1989년『실천문학』을 통해 작품활동 시작. 시집『빨치산 편지』『지푸라기로 다가와 어느덧 섬이 된 그대에게』『돌아보면 그가 있다』『옛 애인의 집』『강물도 목이 마르다』 등이 있음. 신동엽문학상 평화인권문학상 등 수상.

임솔아 林率兒
1987년 대전 출생. 2013년 중앙신인문학상으로 등단. 시집 『괴괴한 날씨와 착한 사람들』 등이 있음. 신동엽문학상 등 수상.

최종천 崔鍾天
1954년 전남 장성 출생. 1986년 『세계의문학』과 1988년 『현대시학』으로 등단. 시집 『눈물은 푸르다』 『나의 밥그릇이 빛난다』 『고양이의 마술』 『인생은 짧고 기계는 영원하다』 등이 있음. 신동엽문학상 오장환문학상 등 수상.

하종오 河鍾五
1954년 경북 의성 출생. 1975년 『현대문학』으로 등단. 시집 『남북주민보고서』 『초저녁』 『국경 없는 농장』 『웃음과 울음의 순서』 『겨울 촛불집회 준비물에 관한 상상』 『죽음에 다가가는 절차』 『신강화학파 33인』 등이 있음. 신동엽문학상 불교문예작품상 등 수상.

| 신동엽문학상 역대 수상자 명단 |

제1회(1982) 이문구
제2회(1983) 하종오 송기원
제3회(1984) 김명수 김종철
제4회(1985) 양성우 김성동
제5회(1986) 이동순 현기영
제6회(1987) 박태순 김사인
제7회(1988) 윤정모
제8회(1990) 도종환
제9회(1991) 김남주 방현석
제10회(1992) 곽재구 김하기
제11회(1993) 고재종
제12회(1994) 박영근
제13회(1995) 공선옥
제14회(1996) 윤재철
제15회(1997) 유용주
제16회(1998) 이원규
제17회(1999) 박정요
제18회(2000) 전성태

제19회(2001) 김종광

제20회(2002) 최종천

제21회(2003) 천운영

제22회(2004) 손택수(시집 『호랑이 발자국』, 창작과비평사 2003)

제23회(2005) 박민규(소설집 『카스테라』, 문학동네 2005)

제24회(2006) 박후기(시집 『종이는 나무의 유전자를 갖고 있다』, 실천문학사 2006)

제25회(2007) 박성우(시집 『가뜬한 잠』, 창비 2007)

제26회(2008) 오수연(소설집 『황금 지붕』, 실천문학사 2007)

제27회(2009) 김애란(소설집 『침이 고인다』, 문학과지성사 2007)

제28회(2010) 안현미(시집 『이별의 재구성』, 창비 2009)

제29회(2011) 송경동(시집 『사소한 물음들에 답함』, 창비 2009)
김미월(장편소설 『여덟번째 방』, 민음사 2010)

제30회(2012) 김중일(시집 『아무튼 씨 미안해요』, 창비 2012)
황정은(소설집 『파씨의 입문』, 창비 2012)

제31회(2013) 박준(시집 『당신의 이름을 지어다가 며칠은 먹었다』, 문학동네 2012)
조해진(장편소설 『로기완을 만났다』, 창비 2011)

제32회(2014) 김성규(시집 『천국은 언제쯤 망가진 자들을 수거해 가나』, 창비 2013)
최진영(소설집 『팽이』, 창비 2013)

제33회(2015) 박소란(시집 『심장에 가까운 말』, 창비 2015)
김금희(소설집 『센티멘털도 하루 이틀』, 창비 2014)

제34회(2016) 안희연(시집 『너의 슬픔이 끼어들 때』, 창비 2015)
금희(소설집 『세상에 없는 나의 집』, 창비 2015)

제35회(2017) 임솔아(시집 『괴괴한 날씨와 착한 사람들』, 문학과지성사 2017)
김정아(소설집 『가시』, 클 2017)

第36회(2018) 김현(시집 『입술을 열면』, 창비 2018)
김혜진(장편소설 『딸에 대하여』, 민음사 2017)

*** 문학상의 명칭 변경**

—신동엽창작기금: 1982~2003년(1~21회)
—신동엽창작상: 2004~2011(22~29회)
—신동엽문학상: 2012~2018(30~36회)

신동엽 50주기 기념 신동엽문학상 역대 수상자 신작시집
밤은 길지라도 우리 내일은

초판 1쇄 발행/2019년 4월 5일

지은이/고재종 곽재구 김명수 김성규 김중일 김현 도종환 박성우 박소란 박준 손택수
송경동 안희연 양성우 유용주 윤재철 이동순 이원규 임솔아 최종천 하종오
펴낸이/강일우
책임편집/전성이
조판/황숙화
펴낸곳/(주)창비
등록/1986년 8월 5일 제85호
주소/10881 경기도 파주시 회동길 184
전화/031-955-3333
팩시밀리/영업 031-955-3399 편집 031-955-3400
홈페이지/www.changbi.com
전자우편/lit@changbi.com

ISBN 978-89-364-7702-8 03810